큰 글
한국문학선집

채만식 장편소설

탁류

일러두기

1. 이 책은 채만식의 장편소설로 『조선일보』에 1937년 10월 12일부터 1938년 5월 17일까지 연재된 소설이다.

2. 독자의 이해를 돕기 위하여 편집자 주를 달았다.

3. 이 책(큰글한국문학선집 053: 채만식 장편소설)은 제작 의도에 따라(큰글로 편집) 분량이 많은 관계로 큰글한국문학선집 053-1, 053-2, 053-3으로 분권하였다.

탁류

(큰글한국문학선집 053-3)

15. 식욕의 방법론

또 한번 해가 바뀌어, 이듬해 오월이다.

태수와 김씨가 그의 남편 탑삭부리 한참봉의 한 방망이에 맞아 죽고, 초봉이는 호젓이 군산을 떠나고, 이런 조그마한 사단이 있은 채로 그러니 벌써 두 번째 제 돌이 돌아는 왔다.

그러나 이곳 항구 군산은 그러한 이야기는 잊은 지 오래다. 물화(物貨)와 돈과 사람과, 이 세 가지가 한데 뭉쳐 생명 있이 움직이는 조그마한 거인(巨人)은 그만한 피비린내나, 뉘 집 처녀가 생애를 잡친 것쯤 그리 대사라고 두고두고 잊지 않고서 애달파할 내력이 없던 것이다.

해는 여전히 아침이면 동쪽에서 떴다가 저녁이면 서쪽

으로 지고, 철이 바뀌는 대로 풍경도 전과 다름없이 새롭고, 조수 밀렸다 쓸렸다 하는 하구(河口)로는 한모양으로 흐린 금강이 쉴새없이 흘러내리고 있다. 그러는 동안 거인은 묵묵히 걸음을 걷느라, 물화는 돈을 따라서, 돈은 물화를 따라서, 사람은 그 뒤를 따라서 흩어졌다 모이고 모였다 흩어지고, 그리하여 그의 심장은 늙을 줄 모르고 뛰어, 미두장의 ×××도 매일같이 벌어지고 있다.

우리 정주사도 무량하다. 자가사리356) 수염은 여전히 노란데 끝도 그대로 아래로 처졌고, 눈도 잊지 않고 깜작거린다. 소일도 모습과 함께 변함없다. 남은 몇천 금을 걸고 손바닥을 엎었다 젖혔다 하는 순간마다 인생의 하고많은 부침을 되풀이하는 그 틈에 끼여 대판시세가 들어올 적마다 하바꾼 우리 정주사도 오십 전 어치 투기에 몸이 자지러진다.

그러나 한 가지 놀라운 발육(發育)은 단 몇십 전이라도 밑천이 떨어지지를 않는 것이다. 어디서 생기는 밑천이든 간에 같이서 하바를 하는 같은 하바꾼들한테 '총을 놓지 않아서' 실인심을 않고 지내니 발육이라면 그런 발

---

356) 퉁가릿과의 민물고기.

육이 있을 데가 없다. 단연코 작년 가을 이래 정주사는 여재수재가 분명했지 도화를 부르고 멱살잡이를 당하거나 욕을 먹거니 한 적이 없다.

이것은 맏딸 초봉이가 작년 가을 서울서 돈 오백 원을 내려 보낸 것으로 부인 유씨가 구멍가게 하나를 벌여 놓은 그 덕이요, 그 끈이다. 수양산 그늘이 강동 팔십 리를 간다거니와, 애초에 죽은 고태수가 소절수 농간을 부리던 돈으로 미두를 하다가, 아시가 나게 된 끄터리를 형보가 얻어 가졌고, 형보는 그놈을 언덕삼아 오륙천의 큰 수를 잡았고, 그 돈에서 도로 오백 원이 초봉이의 손을 거쳐 정주사네게로 왔으니, 기특하다면 기특한 인연이 아니랄 수 없다. 따라서 어느 사위가 되었든지 사위 덕은 사위 덕이요, 결국은 초봉이라는 딸을 둔 보람이 난 것이라 하겠다.

가게는 삯바느질도 있고 해서 유씨가 지키고 앉았고, 정주사는 밖에서 물건 사들이는 소임을 맡았다.

새벽이면 정거장 앞으로 나가서 길목을 지키다가 촌사람들이 지고 들어오는 채소도 사고, 공설시장에서 과실이며 과자 부스러기도 사고, 더러는 '안스레'에 있는 생선장에 가서 흥정도 해다 준다. 그러고 나면, 정주사는 온종일 팔자 편한 영감님이다. 하기야 유씨가 바느질을 하랴, 가게를 보랴 하느라고 손이 몰리곤 하니 가게나 지켜 주었으면 하겠지만, 한 마리에 일 전이나 오 리가 남는 자반고등어며 아이들의 코 묻은 일 전 한 푼을 바라고 오도카니 지켜 앉았기가 갑갑하기도 하려니와, 일변 미두장에 가서 잘만 납뛰면 한목에 오십 전이고 일 원이고를 따니, 그게 사람이 활발하기도 할 뿐더러 이문도 크다 하는 것이다.

호마는 북풍에 울고, 월조라는 새는 남쪽 가지에다만 둥우리를 얽는다든지, 정주사도 시방은 다 비루 먹은 태마(駄馬)357)라도 중왕에는 천리 준총이었거니 여기고 있다. 그러니까 오십 전짜리 하바라도 하고 싶다.

밑천까지 털리는 손은 어떻게 하느냐고 부인 유씨가 고시랑거릴라치면 잃지 않을 테니 걱정 말라고 만날 희떠운 소리다. 이 말은 돈을 잃어도 관계치 않다는 뱃심과 같은 뜻이다.

오늘도 정주사는 듬뿍 삼 원 돈을 지니고서 한바탕 거들거리고 하바를 하던 판이다.

---

357) 짐을 나르는 데 쓰이는 말(馬).

이 삼 원의 대금(大金)은 마침 가게에 북어가 떨어져서 아침결에 어물전으로 흥정을 하러 가던 심부름 돈이다.

배고픈 호랑이가 원님을 알아볼 리 없고, 무슨 돈이 되었든지 간에, 마침 또 간밤에는 용꿈을 꾸었겠다 하니, 북어값 삼 원을 밑천으로 든든히 믿고서 아침부터 붙박이로 하바를 하느라 깨가 쏟아졌다. 그러나 따먹기도 하고 게우기도 했지만, 필경 끝장에 와서 보니 옴팡장사다. 밑천이 절반이나 달아나고 일 원 오십 전밖에 남지를 않았던 것이다.

미두장의 장이 파하자 뿔뿔이 헤어져 가는 미두꾼 하바꾼 틈에 끼여 나오면서 정주사는 비로소 잃어버린 북어값을 생각하고 입맛이 찝찝해 못 한다.

오월의 눈부신 햇볕이 환히 내리는 행길바닥으로 패패 흩어져 나오는 미두꾼이나 하바꾼들은 응달에서 자란 식물을 갑자기 일광에 내쬐는 것 같아, 어디라 없이 푸죽어 보인다.

하기야 많고 적고 간에 돈을 먹은 패들은 턱을 쑥 내밀고 흐물흐물 웃으면서 내딛는 걸음이 명랑한 성싶기는 하나, 그것은 이 햇볕과는 아무 상관도 없는, 그래서 오히려 더 부자연스러워 보이는 활기 같다.

턱 대신 코가 쑤욱 빠지고 죽지 부러진 장닭처럼 어깨가 처지고 고개를 수그리고, 이런 패들은 사오십 전짜리 하바를 비롯하여 몇백 원 혹은 몇천 원의 손을 본 축들이다. 이런 축들 가운데 더러는 저 혼자 점직하다 못해 누구한테라 없이,

"헤에, 참!"

하면서 뒤통수로 손이 올라가다가 만다. 분명 울고 싶다는 게라, 웃는다는 게 우는 상이다. 이 축들은 더욱이나 이 명랑한 오월의 태양 아래서는 이방인(異邦人)같이 어색하다.

북어값 삼 원에서 일 원 오십 전을 날려 버린 정주사는 코 빠진 축으로 편입될 것은 물론이다. 그는 여럿의 틈에 끼여 행길바닥으로 나섰다가 멈춰 서서 입맛을 다신다. 인제는 하바판도 다 깨졌은즉 잃어버린 북어값을 추는 도리는 없고 하니 아무나 붙잡고, 한 오십 전 내기 짱껜뽕358)이라도 몇 번 했으면 싶은 마음성이다.

"정주사!"

넋을 놓고 행길 가운데 우두커니 섰는데 누가 마수 없

---

358) 가위바위보.

이 어깨를 짚으면서 공중에서 부른다. 고개를 한참 쳐들어야 얼굴이 보이는 '전봇대'다. 키가 대중없이 길대서 '전봇대'라는 별명이 생긴 같은 하바꾼이다.

"······무얼 그렇게 보구 계시우? 갑시다."

하바에 총만 놓지 않으면 아무라도 그네는 사이가 다정한 법이다. 단 한 모퉁이를 동행할망정 뒤에 처지면 같이 가자고 하는 게 인사다.

"가세."

정주사는 내키잖게 옆을 붙어 선다. 키가 허리께밖에는 안 닿는다. 뒤에서 따라오던 한패가 재미있다고 웃어도 모른다.

"정주사 오늘 괜찮었지?"

"말두 말게나!"

"괜히 우는 소릴······ 아까 내해두 오십 전 먹구서······."

"그래두 한 장하구 반이나 펐네! 거 원 재수가······."

"당찮은 소리!······ 그런 소린 작작 하구, 오늘 딴 놈으루 저기 가다가 우동이나 한 그릇 사시우. 난 시장해 죽겠수!"

"시장하기야 피차 일반일세!"

정주사는 미상불 퍽 시장했다. 작년 가을 이후로는 팔

자가 늘어져서 조석은 물론 굶지 않거니와, 오때가 되면 휑하니 집으로 가서 점심을 먹고 오곤 했는데, 오늘은 마침 북어값 삼 원을 밑천삼아 땄다 잃었다 하기에 재미가 옥실옥실해서 점심 먹을 것도 깜박 잊었었다. 그래서 비어 때린 점심이라 시장기가 들고, 그 끝에 돈 잃은 것이 이번에는 부아가 난다.

"그 빌어먹을 거, 그럴 줄 알았더면 그놈으루 무엇 즘심이라두 사먹었으면 배나 불렀지!"

"거 보시우……."

정주사가 혼자 두런거리는 것을 전봇대가 냉큼 받아,

"……우리 같은 사람 가끔 우동 그릇이나 사주구 하면, 다아 하누님이 알아보십넨다!"

"하누님이 알어보신다? 허허, 제엔장맞일. 아따 그러세, 우동 한 그릇씩 먹세그려나!"

"아니, 진정이시우?"

"그럼 누가 거짓말 한다던가?…… 그렇지만 꼭 우동 한 그릇씩이네? 술은 진정이지 할 수 없네?"

"아무렴! 피차 형편 아는 터에, 술이야 어디……."

하바꾼도 옛날 큰돈을 지니고 미두를 하던 당절, 이문을 보면 한판 진탕치듯이 친구와 얼려 먹고 놀던 호기는 가시잖아, 이날에 비록 하바는 할 값에 단돈 이삼 원이라도 먹으면 가까운 친구 하나쯤 따내어 우동 한 그릇에 배갈 반 근쯤 불러 놓고 권커니 잣거니 하면서 감회와 울분을 게다가 풀 멋은 그대로 남아 있다. 그러나, 시방 정주사가 전봇대한테 우동 한턱을 쓰기로 하는 것은 그런 호협이나 멋이 아니라 외람한 화풀이다.

돈 잃은 미련이 시장한 얼까지 입어 화중은 더 나는데 전봇대가 연신 보비위는 하겠다, 미상불 그놈 우동 한 그릇을 후루룩 쭉쭉 국물째 건더기째 들이 먹었으면 아닌게아니라 단박 살로 갈 것 같고, 그래 예라 모르겠다고 나가자빠지는 맥이다. 물론 전 같으면야 우동이 두 그릇이면 싸라기가 두 되도 넘는데 언감히 그런 생심을 했을까마는, 지금이야 다 미더운 구석도 없지 않아, 말하자면 그만큼 담보가 커진 것이라 하겠다.

가게는 같은 둔뱀이는 둔뱀이라도 전에 살던 집처럼 상상꼭대기가 아니고 비탈을 다 내려와서 아주 밑바닥 평지다. 오막살이들이나마 살림집들이 앞뒤로 늘비한 길목이라 구멍가게치고는 마침감이다.

가게머리로 부엌 달린 이칸방이 살림 겸 바느질방이다.

지난해 가을 초봉이가 내력 없는 돈 오백 원을 보내

주어서 삼백 원을 들여 이 가게를 꾸미고 벌여 놓고 했다.

일백이십 원은 재봉틀을 한 채 사놓았다. 나머지는 이사를 하느니 오래 못 벗긴 목구멍의 때를 벗기느니 하느라고 한 사십이나 녹아 버렸고, 그 나머지는 장사를 해나갈 예비돈으로 유씨가 고의끈에다가 챙챙 옹쳐 매두었었다. 정주사는 그놈을 올가미 씌워다가 사십 원 증금(證金)으로 쌀이나 한 백 석 붙여 놓고 미두를 하려고 갖은 공력을 다 들였어도 유씨는 막무가내하로 내놓지를 않았었다.

아무튼 그렇게 장사를 벌여 놓으니, 가게에서 매삭 삼십 원 넘겨 이문이 나고, 재봉틀 바느질로 십여 원 들어오고 해서 네 식구가 먹고 살아가기에는 그리 군색지 않았다. 정주사가 가끔 미두장의 하바판에서 돈 원씩 날리기도 하고, 오늘처럼 우동 한턱을 쓸 담보가 생긴 것도 알고 보면 다 그 덕이다.

권솔이 더구나 단출해서 좋다. 초봉이는 재작년 이맘때에 벌써 식구 중에서 떨어져 나갔지만 작년 가을에는 계봉이를 제 형이 데려 올려 갔다. 실상 형주도 그때 같이 올라갔을 것이지만, 그 애는 작년 사월에 이리(裡里) 농림학교에 입학을 해서 통학을 하고 있기 때문에, 전학을 하느니 자리를 옮기느니 하면 번폐스럽기만 하겠은즉 그럭저럭 졸업이나 한 뒤에 상급학교를 보내더라도 우선 다니던 데를 그대로 눌러 다니도록 두어 둔 것이다.

이렇게 식구가 단출하게 넷으로 줄고 그 대신 다달이 사오십 원씩 수입이 있으니, 유씨의 억척에 다만 몇 원씩이라도 밀려 차차로 가게를 늘려 가기도 하고 했을 것이지만, 부원군 팔자랍시고 정주사가 속속들이 잔돈푼을 '크게' '낭비'를 해서 병통이요, 그래서 전에 굶기를 먹듯하고 지낼 때보다 집안의 풍파는 오히려 잦다. 더구나 유씨는 시방 마침 단산기(斷産359)期)라, 히스테리가 가히 볼 만한 게 있다.

날도 훈훈하거니와, 오월 초생의 오후는 늘어지게 해가 길어 깜박깜박 졸음이 온다. 유씨는 이태 전이나 다름없이 다리 부러진 돋보기를 코허리에다 걸치고 졸린 것을 참아 가면서, 보물 재봉틀을 차고 앉아 바느질에 고부라졌다.

다르르, 연하게 구르는 재봉틀 소리가 달콤하니 졸음을 꼬인다. 졸리는 대로 한잠 자고는 싶으나, 바느질도 바느

---

359) 아이를 낳던 여자가 아이를 낳는 것을 끊음, 또는 못 낳게 됨.

질이려니와 가게가 비어서 못 한다. 남편 정주사는 인제는 기다리지도 않는다. 아무 때고 들어왔지 별수가 없을 테고, 거저 들어오기만 오면, 어쨌든지 마구 냅다…… 이렇게 꽁꽁 벼르고 있다.

올에 입학을 해서 일학년이라, 항용 두시면 돌아오는 병주도 오늘은 더디어 낮잠 한잠도 못 자게 하니 그것도 화가 난다.

동네 안노인이 아이를 업고 행똥행똥 가게 앞으로 오더니 한다는 소리가 남 속상하게,

"북엔 없나 보군?"

하면서 끼웃이 들여다본다. 유씨는 일어서서 나오려고 하다가 고개만 쳐든다. 오늘 벌써 세 번째 못 파는 북어다. 부아가 나는 깐으로는 물이라도 쩌얼쩔 끓여 놓았다가 남편한테 들어서는 낯짝에다가 좌악 한 바가지 끼얹어 주고 싶다.

"……북엔 없어. 저 너머까지 가야겠군!"

동네 노인은 혼자말같이 쑹얼거리면서 돌아선다.

"인제 좀 있으문 이 애 아버지가 사가지구 올 텐데요……."

유씨는 다섯 마리만 잡더라도 오 전은 벌이를 놓치는

구나 생각하면서 다시금 남편 잡도리할 거리로 단단히 치부를 해둔다.

"걸 언제 기대려? 손님들이 술잔을 놓구 앉아서 안주 재축인걸."

"그럼 건대구를 들여가시지?"

"건대구는 집에두 있는데 북에루다가 마른안주만 해딜 이라니 성화지!"

동네 노인이 가게 모퉁이로 돌아가자 마침 병주가 씨근벌떡하면서 달려든다. 콧물이 육장 코에 가 잠겨서 질질 흐르기 때문에 입으로 숨을 쉬느라고 입술은 다물 겨를이 없고 밤낮 씨근거린다.

"엄마!"

한 번 불러 놓고는 책보를 쾅 하니 방에다가 들이뜨리고 모자를 벗어 휙 내동댕이치면서, 우선 사탕목판을 들여다본다. 아무 때고 하는 짓이라 저는 무심코 그러는 것인데, 돋보기 너머로 눈을 찢어지게 흘기고 있던 유씨는,

"네 이놈!"

하고 소리를 버럭 지른다.

생각잖은 고함 소리에 병주는 움칫 놀라 모친한테로 얼굴을 돌린다.

"……어디 가서 무슨 못된 장난을 하다가 인제야 오구 있어?"

유씨는 금시로 자쪽을 집어 들고 쫓아나올 듯이 벼른다. 그는 시방, 자식의 버릇을 가르치자고 나무라는 것이 아니라, 남편한테 할 화풀이야 낮잠 못 잔 화풀이야를, 애먼 어린 아이한테 하느니라고는 생각도 않는다.

병주는 첫마디에 벌써 볼때기가 추욱 처지고 식식한다.

막내동이라서 재미삼아 온갖 응석과 어리광은 있는 대로 받아 주던 아이다. 그놈이 인제는 품안에 안고 재롱을 보던 때와는 딴판이요, 전처럼 응석받이를 안 해주고 나무라면 이퉁360)을 쓰고, 아무가 무어라고 해도 듣지도 않고 무서워하지도 않는다. 그래서 작년부터는 성가시니까 버릇을 가르친다고 회초리를 들기 시작했다. 그것도 유씨뿐이요, 정주사는 이따금 나무라기나 할 뿐이지, 나무라고서도 아이가 노염을 타서 울면 되레 빌기가 일쑤다.

병주로 당해서 보면 모든 것이 제 배짱과는 안 맞고, 저 하고 싶은 대로 못 하게 하니까 심술이 난다. 대체

---

360) 고집. 최기호(1995), 『사전에 없는 토박이말 2400』, 토담 참조.

그렇게도 저 하자는 대로 다 해주고 이뻐만 하더니 어째 시방은 지천을 하고 때리고 하는 게며, 또 학교에서 오는 것만 하더라도 여느때는 아무 소리도 없으면서 오늘 같은 날은 불시로 늦게 왔다고 생야단을 치니 어째 그러는 게냔 말이다.

병주로서는 당연한 불평인 것이다.

"아, 저놈이 그래두!…… 네 요놈, 그래두 이짐만 쓰구 섰을 테냐?"

유씨는 속이 지레 터지게 화가 나서 자쪽을 집어 들고 쫓아나온다. 병주는 꿈쩍도 않고 곁눈질만 한다.

"이놈!"

따악 소리가 나게 자쪽으로 갈기니까 기다렸노라고 아앙- 울음을 내놓는다. 필요 이상으로 울음 소리가 큰 것은 부친의 역성을 청함이다.

"이 소리! 이 소리가 어디서 나와? 응? 이놈, 이 소릿!"

말 한마디에 매가 한 대씩이다. 병주는 악을 악을 쓰면서 가게 바닥에 주저앉아 발버둥을 친다.

"이놈, 이 이퉁머리! 이마빡에 피두 안 마른 것이…… 이놈, 이놈, 어린 놈이 소갈머리 치레만 해가지구는…… 이놈……."

사정없이 아무 데고 내리 조진다. 병주는 영 아프니까는 그제야 아이구 안 할게 소리가 나온다. 그러나 그것도 비는 게 아니고, 고래-고래 악을 쓰면서 일종의 반항이다.

병주는 매를 맞기 시작하면서 다급하면 안 할게라는 소리를 치는 것도 같이 배웠다. 그러나 때리면서 그렇게 빌라고 시켰으니까 하는 소리지 그 뜻은 알지를 못한다.

"다시두?"

"안 하께!"

"다시두?"

"아야, 아아, 안 허께, 이잉."

유씨는 겨우 매질을 멈추고 서서 가쁜 숨을 허얼헐 한다.

병주는 콧물이 배꼽이나 닿게 주욱 빠져 내린 채 히잉 히잉 하고 섰다. 매는 맞았어도 이짐은 도리어 더 났다.

"이 소리가 어디서!"

유씨는 방으로 들어가다 말고 돌아서면서 엄포를 한다. 병주는 히잉 소리를 조금만 작게 낸다.

"저 코, 풀지 못할 테냐?"

"히잉."

"아, 저놈이!"

"히잉."

"네에라 이!"

유씨가 도로 쫓아오려고 하니까 병주는 손가락으로 코를 풀어서 한 가닥은 가게 바닥에 내동댕이치고 손은 옷에다가 쓰윽 씻는다.

"학교를 갔다 오믄, 공부는 한 자두 않는 놈의 자식이 소갈머리만 생겨서, 이짐이나 쓰구……."

"히잉."

"군것질이나 육장 하러 들구……."

"히잉."

"공부를 잘해야 인제 자라서 벌어먹구 살지!"

"히잉."

"그따위루 공분 않구서, 못된 버릇만 느는 놈이 무엇이 될 것이야!"

"히잉."

병주는 차차로 더 크게 히잉 소리를 낸다. 모친의 나무라는 말이 하나도 제 배짱에는 맞지도 않는 소리라서 심술로 도전을 하는 속이다.

"에미 애비가 백년 사나? 아무리 어린것이라두 고만 철은 나야지! 공부 못하믄 노가다³⁶¹⁾패나 되는 줄 몰라?"

"히잉."

"늙은 에미가 이렇게 애탄가탄 벌어멕이믄서 공부를 시키거들랑 그런 근경을 알아서, 어른 말두 잘 듣구 공부두 잘 해야지. 그래야 인제 자란 뒤에 잘 되구 돈두 많이 벌구 하지."

"히잉, 그래두 아버진 돈두 못 버는 거…… 히잉."

어린애가 하는 소리라도 곰곰이 새겨 보면 가슴이 서늘할 것이지만, 유씨는 눈만 거듭뜨고 사납게 흘긴다.

유씨는 걸핏하면 남편 정주사더러 공부는 많이 하고도 내 앞 하나를 가려 나가지 못한단 말이냐고 정가를 하곤 한다.

독서당(獨書堂)을 앉히고 십오 년이나 공부를 했다는 것이, 또 신학문(보통학교 졸업)까지 도저하게 하고도 오죽하면 한푼 생화 없이 눈 멀뚱멀뚱 뜨고 앉아서 처자식을 굶길까 보냐고, 의관을 했다면서 치마 두른 여편네만도 못하다고, 늘 이렇게 오금을 박던 소리다. 그것이 단순한 어린애의 머리에 그대로 소견이 되어 우리 아버

---

361) dokata[土方]. '막일'의 잘못.

지는 공부를 했어도 '좋은 사람이 안 되었다고', 그래서 돈도 못 벌고, 그러니까 공부를 잘한다거나 좋은 사람이 된다거나 하는 것과 돈을 번다는 것과는 아무 상관도 없는 것이라고 병주는 알고 있고, 그것밖에는 모르니까 그게 옳던 것이다.

제 소견은 이러한데, 공부를 않는다고 육장 야단이니 대체 어떻게 하는 것이 공분지 그것도 알 수 없거니와, 암만 공부를 해도 우리 아버지처럼 '좋은 사람도 못 되고' 돈도 못 벌고 할 것을, 또 그러나마 좋은 말로 해도 모를 소린데 욕을 하고 때리고 하면서 그러니 그건 분명 제가 미우니까 괜스레 구박을 주느라고 그러는 것으로밖에는 생각할 수가 없고, 따라서 심술이 나고 제 뱃속에 든 대로 앙알거리고 하던 것이다.

꼼짝 못 하고 되잡힌 속이지만, 그러니 가히 두려운 소리겠지만, 유씨는 그러한 반성을 할 길이 없으니까 어린것이 벌써부터 깜찍스럽기나 해보일 뿐이다.

"그래 요 못된 자식……!"

유씨는 눈을 흘기면서 윽박질러 잡도리를 시작한다.

"……넌 그래, 세상에두 못난 느이 아버지 본만 볼 테냐?…… 사람 같잖은 것 같으니라구!…… 사람 되라구

경 읽듯 하믄 지지리두 못나구 으젓잖은 본이나 뜨을려 들구…… 요 못된 씨알머리!"

필경은 남편더러 귀먹은 푸념을 뇌사리면서 혀를 끌끌 차고 재봉틀 앞으로 다가앉는다. 그러자 마침맞게 정주사가 가게 안으로 처억 들어선다.

"웬일이야? 넌 또 왜 울구?…… 웅? 어째서 큰소리가 나구 이러느냐?"

정주사는 막내동이의 아버지다운 상냥함과 한 집안의 가장다운 위엄을 반씩반씩 갖추어 가면서 장히 서슬 있이 서둔다.

정주사한테는 바라지도 못한 좋은 트집거리다. 병주도 속으로는 옳다, 인제는 어디 보자고 기광이 나서 히잉히잉 소리를 더 크게 더 잦게 낸다.

유씨는 돋보기 너머로 힐끔 한번 거듭떠보다가 아니꼽다고 낯놀림을 하면서 바느질을 붙잡는다.

"이 소리, 썩 근치지 못하느냐!"

정주사는 목 가다듬기로 짐짓 병주를 머쓰려 놓고는 유씨게로 대고 준절히 책을 잡는 것이다.

"……어째 그 조용조용 타이르지는 못하구서 노상 큰소리가 나게 한단 말이오?"

눈을 깜작깜작 노랑수염을 거스르면서 졸연찮게 서두
는 것이나, 유씨는 심정이 상한 중에도 속으로,

'아이구 요런, 어디서 낯바닥하고는!'

하면서 기가 막혀 말이 안 나온다는 듯이 눈만 흘깃흘깃
연신 고갯짓을 한다.

"……거 전과두 달라서 이렇게 길가트루 나앉었으니
좀 조심을 해야지…… 게 무슨 모양이란 말이지요? 무지
막지한 상한(常漢)362)의 집구석같이……."

"아따! 끔직이두!…… 옜소, 체면…… 흥! 체－면!"

마침내 맞서고 대드는 유씨의 음성은 버럭 높다. 정주
사도 지지 않고 어성을 거칠게,

"게 어째서 체면을 안 볼 것은 또 무어란 말이오?"

"큰소린 혼자 하려 들어!…… 모두 떼거지가 될 꼬락서
니에 칙살스럽게 이거라두 채려 놓구 앉어서 목구멍에
풀칠을 하니깐 조[驕363)]가 나서 그래요?…… 당신두 인
전 나이 오십이니 정신을 채릴 때두 됐으면서 대체 어쩌
자구 요 모양이우? 동녁이 버언하니깐 다아 내 세상으루
알구 그러슈? 복장이 뜨듯하니깐 생시가 꿈인 줄 알구

362) 상놈. 신분이 낮은 남자를 낮잡아 이르는 말.
363) 교만할 교. 오만하다. 거만하다.

그러슈, 그리길……."

"아니, 건 또 무엇이 어쨌다구 당치두 않은 푸념을……."

"내가 푸념이오? 내가 푸념이야?…… 대체 그년의 북에는 대국으루 사러 갔더란 말이오? 서천 서역국으루 사러 갔더란 말이오?…… 그러구두 온종일 흥뗑거리구 돌아다니다가, 다아 저녁때야 맨손 내젓구 들어와선, 그래 무슨 얌체에 큰소리요? 큰소리가…… 이게 나 혼자 먹구 살자는 노릇이란 말이오?"

"아−니 그건 그것이고 이건 이것이지, 그래 내가 북에 흥정을 안 해다 주어서 그래 여편네가 삼남 대로 바닥에 앉어서 이 해게란 말이오? 어디서 생긴 행실머리람! 에잉, 고현지고!"

싸움은 바야흐로 익어 간다. 조금 아까 당도한 승재는 가게로 섬뻑 들어오지를 못하고 모퉁이에 비켜 서서 주춤주춤한다.

승재는 이 집에서 가게를 내고 이만큼이라도 살아가게 된 그 돈 오백 원의 내력을 잘 알고 있다. 작년 가을 계봉이가 서울로 올라가더니, 제 형 초봉이의 지나간 이태 동안의 소경사와 생활을 대강 편지 내왕으로 알려 주었던 것이다.

그것을 미루어 숭재는, 초봉이가 박제호라는 사람의 첩 노릇을 한 것이나, 그자한테 버림을 받고 장형보라는 극히 불쾌한 인간과 살고 있는 것이나 죄다 친정을 돕기 위하여 그랬느니라고만 해석을 외곬으로 갖게 되었다. 그렇게 되고 보니 끝끝내 딸자식 하나를 희생시켜 가면서 생활을 도모하고 있는 정주사네한테 반감이 없을 수가 없었다.

숭재는 이 정주사네가 명님이네와도 또 달라, 낡았으나마 명색 교양이 있다는 사람으로 그따위 짓을 하는 것은 침을 배앝을 더러운 짓이라 했다. 그리하여 마침내 그는 교양이라는 것에 대하여 환멸을 느끼기까지 했다. 가난한 사람은 교양이 있어도 그것이 그네들을 선량하게 해주는 것이 못 되고, 도리어 교양의 지혜를 이용하여 무지한 사람들보다도 더하게 간악한 짓을 하는 것이라 했다.

작년 가을 계봉이가 집에 없는 뒤로는 실상 만나 볼 사람도 없거니와, 겸하여 정주사네한테 그러한 반감도 생기고 해서 숭재는 그 동안 발을 끊다시피 하고 다니지 않았었다. 그러다가 이번에 아주 군산을 떠나게 되기도 했거니와, 마침 또 계봉이한테서 형 초봉이가 자나깨나 마음을 못 놓고 불안히 지내니 부디 저의 집에 들러서 장사하는 형편이 어떠한지 직접 자상하게 좀 보아다 달라는 편지가 왔기 때문에 그래 마지못해 내키지 않는 걸음을 한 것이다.

와서 보니 우환중에 또 이런 싸움이라 오쟁이를 뜯는 것 같아 더욱 불쾌했다. 그러나 그렇다고 그대로 돌아설 수도 없지만 부부싸움을 하는데 불쑥 들어가기도 무엇하고, 해서 잠깐 기다리고 있노라니까 문득 옛 거지의 이야기가 생각이 났다.

――산신당(山神堂)에서 거지 둘이 의좋게 살고 있었다. 그 둘이는 저희끼리도 의가 좋았거니와, 밥을 빌어 오면 먼저 산신님께 공궤하기를 잊지 않았다.

그 덕에 산신님은 여러 해 동안 푸달진 바가지 밥이나마 달게 얻어 자시고 지냈는데, 하루는 산신님의 아낙이 산신님을 보고 거지들한테 무엇 보물 같은 것이라도 주어서 은공을 갚자고 권면을 했다. 산신님은 보물을 주어서는 도리어 그네들을 불행하게 한다고 아낙의 권을 듣지 않았다. 그래도 졸라싸니까, 자 그럼 이걸 두고 보라면서 좋은 구슬[寶石] 한 개를 위패 앞에다가 내놓아 주었다.

두 거지는 그것을 얻어 가지고 좋아서 날뛰었다. 그리고 인제는 우리가 팔자를 고쳤다고, 그러니 우선 술을 사다가 산신님께 치하도 하려니와, 우리도 먹자고 그 중 하나가 술을 사러 마을로 내려갔다.

남아 있던 한 거지는 그 구슬을 제가 혼자 독차지할 욕심이 났다. 그래서 그는 몽둥이를 마침 들고 섰다가 술을 사가지고 신당으로 들어서는 동무를 때려 죽였다. 그리고는 좋다고 우선 술을 따라 먹었다. 그러나 술을 사러 갔던 자도 그 구슬을 저 혼자서 독차지할 욕심이었던지라 술에다가 사약(死藥)을 탔었다. 그래서 그 술을 마신 다른 한 자도 마저 죽었다.

이 꼴을 보고 산신님은 아낙더러, 저걸 보라고, 그러니까 아예 내가 무어라더냐고 하여 그제야 산신님의 아낙도 고개를 끄덕거렸다.

승재는 정주사네 양주가 싸우는 것을 산신당의 두 거지한테 빗대 놓고 생각을 하노라니까, 이네도 정말 서로 죽이지나 않는가 하는 망상이 들면서 어쩐지 무시무시했다.

싸움은 차차 더 커간다.

"그래, 내 행실머린 다아 그렇게 상스럽다구…… 그래

······."

　유씨는 와락 재봉틀을 밀어 젖히면서 일어선다. 서슬에 와그르르 하고 받쳐 놓았던 궤짝 얼러 재봉틀이 방바닥으로 나가동그라진다.

　유씨는 홧김에 밀치기는 했어도 설마 넘어지랴 했던 것인데, 이렇게 되고 보니 만약 부서지기나 했으면 어쩌나 싶어 화보다도 가슴이 뜨끔했다.

　재봉틀이래야 인장표도 아니요, 일백이십 원짜리 국산품 손틀기이기는 하지만, 천하에도 없이 끔찍이 여기는 보배다. 유씨는 늘 밉게 굴던 계봉이 같은 딸 하나쯤보다는 차라리 이 재봉틀이 더 소중하고 사랑스러웠다.

　그러잖고 웬만큼 대단해하던 터라면, 남편이 얄밉고 부아가 나는 깐으로야 번쩍 들어 내동댕이를 쳐서 바숴뜨리기라도 했지, 좀 밀쳤다고 넘어지는 것쯤 아무렇지도 않아했을 것이다.

　재봉틀이 넘어지느라고 갑자기 와그르르 떼그럭 요란한 소리가 나는 바람에 승재는 망설일 겨를도 없이 가게로 뛰어들었다.

　정주사는 승재가 반갑다기보다, 몰리는 싸움을 중판을 메게 된 것이 다행해서 얼른 낯빛을 풀어 가지고 흔감스럽게 인사를 먼저 한다. 유씨는 싸움이야 실컷 더 했어야 할 판이지만 재봉틀이 넘어지는 데 가슴이 더럭해서 잠깐 얼떨떨하고 섰는 참인데, 일변 반갑기도 하려니와 어려움도 있어야 할 승재가 오고 보니 차마 더 기승은 떨 수가 없었다.

두 양주는 다 같이 어색한 대로 반색을 하면서 승재를 맞는다. 그래 싸움하던 것은 어느덧 싹 씻은 듯이 어디로 가고 이렇게 천연을 부리니 싱거운 건 승재다.

그냥 말로만 주거니 받거니 하는 틀거리가 아니고, 철그덕 따악 살림까지 쳐부수는 게, 이 싸움 졸연찮은가 보다고 그만 엉겁결에 툭 뛰어들었던 것인데, 이건 요술을 부렸는지 싹 씻은 듯이 하나도 그런 내색은 없고 둘이 다 흔연하게 인사를 하니 다뿍 긴장해서 납뛴 이편이 점직할 지경이다.

"거 어째 그리 볼 수가 없나? 이리 좀 앉게그려……거 원……."

정주사는 연방 흠선을 피운다는 양이나 끙끙거리고 쩔맨다.

"좋습니다. 곧 가야 하겠어서…… 형주랑 병주랑 그새 학교엔 잘 다니나요?"

승재는 이런 인사엣말을 하면서 정주사네 양주와 가게 안을 둘러본다. 병주는 어느새 눈깔사탕이나 두어 개 쥐어 넣었는지 가게에 없고 보이지 않는다.

"거 머 벌제위명이지, 공부라구 한다는 게…… 그래, 그런데 참, 자넨 작년 가을에 무엇이냐 거, 의사에 합격이 됐다구? 참 경사로운 일일세!"

정주사는 여전히 남의 사무실 고쓰카이364)같이 의표 (衣表)365)가 구지레한 승재를 위아래로 훑어보면서, 그런데 왜 이렇게 궁기가 흐르느냐고는 차마 박절히 묻지 못하고서 혼자 고개만 끄덕거리다가 좋게 둘러대느라고…….

"……그러면 자네두 거 인전 병원을 설시하구서 다아 그래야 할 게 아닌가?"

"네에, 그리잖어두 이번에 어쩌면……."

"응! 이번에? 병원을 설시하게 되나? 허! 참 장헌 노릇이네!"

"머어, 된다구 해두 그리 변변찮습니다마는……."

"원 그럴 리가 있나! 다아 도저하겠지…… 그래 설시를

---

364) こつがい. 거지, 비렁뱅이. 앞에서는 '고쓰가이'라고 되어 있음.
365) 옷을 입은 차림새.

하게 된다면 이 군산이렷다? 그렇지?"

"군산이 아니구, 저어 서울서 어느 친구 하나가……."

"서울다가?"

"네에, 아현(阿峴)다가 어느 친구가 실비병원을 하나 내겠는데, 절더러 와서……."

"실비병원?"

정주사는 실비병원이란 소리를 다뿍 시쁘게 되뇐다. 그저 그렇지, 저 몰골에 제법 옹근 병원이라도 처억 차려 놓을 잡이가 워너니 못 되더니라고 시들해하는 속이다.

"……실비병원이든 무엇이든 아무려나 잘됐네그려!"

"아이 참, 잘됐구려!"

유씨가 남편한테 승재를 뺏기고서 말을 가로챌 기회를 여새기다가 얼핏 대꾸를 하고 나선다.

"……그럼 다아 그렇게 허기루 작정이 됐수?"

"아직 작정이구 무엇이구 없습니다. 그 사람이 자기는 시방 의사 면허가 없으니깐, 같이 해나가는 양으로 와서 있어 달라구 그런 기별만 왔어요. 그래서 내일이나 모레쯤 올라가서 잘 상읠 한 뒤에 원 어떻게 하던지…… 그래서 이번 올라가면 어쩌면 다시 내려오지 못할 것 같기두 하구, 그래서 인사두 이쫄 겸……."

"오온! 그래서 모초로옴 모초롬 이렇게 찾어왔구려! 잊지 않구서 찾어와 주니 고맙수마는 떠난다니 섭섭해 어떡허우!…… 우리가 참, 남서방 신세두 적잖이 지구, 참…… 그러나저러나 이러구 섰을 게 아니라 일러루 좀 올라오우. 원 섭섭해서 어디…… 방을 치우께시니 우선 거기라두……."

유씨는 너스레를 떨면서 일변 방으로 들어가서 나가동그라진 재봉틀을 바로잡아 한편 구석에 치워 놓느라 한참 분주하다. 승재는 거기 눈에 뜨이는 대로 석유상자 결상에 가서 걸터앉고 정주사는 승재 앞으로 빈지 문턱에 가서 바짝 쪼글트리고 앉아 팔로 볼을 괸다. 그는 시방 승재가 오늘 해가 지고 밤이 깊도록 있어서, 아까 중판멘 싸움이 그대로 흐지부지했으면 한다. 이유는 달라도 승재를 잡아 두고 싶기는 유씨도 일반이다.

유씨는 승재를 생각하면 초봉이를 또한 생각하고 자못 회심이 들지 않을 수가 없다. 더구나 승재가 인제는 버젓한 의사가 되어 병원을 내려고 서울로 떠난다는 작별인사를 하러 온 오늘 같은 날은, 일변 가슴을 부둥켜안고 싶게 지나간 일이 여러 가지로 안타깝다.

일찍이 초봉이가 승재한테로 뜻이 기우는 눈치였었고,

승재 또한 그렇게 부랴부랴 이사를 해가던 것을 보면 초봉이한테 마음이 깊었던 모양이고 했으니, 만약 저희 둘을 서로 배필을 정해 주었더라면 초봉이의 팔자도 그렇게 그르치지 않을 뿐더러 오늘날 이러한 승재를 제 남편으로 받들어 호강을 늘어지게 하고, 집안도 또한 이 사위의 덕을 보았을 것이다. 그런 것을 그 천하의 몹쓸 놈 고가한테 깜빡 속아 가지고는 그런 끔찍스런 변을 다 당하고, 필경은 자식의 신세가 그 지경이 되었으니 열 번 발등을 찍어도 시원하지가 않다.

하기야 어찌 되었으나 그 덕을 보지 않는 것은 아니다. 혼인 전후에 돈을 적지 않게 얻어 쓴 것도 쓴 것이려니와, 초봉이가 서울로 올라가서 다달이 이십 원씩 보내 주어 그걸로 큰 힘을 보았고, 작년 가을에는 한목 오백 원이나 내려 보낸 것으로 이만큼이라도 가게를 차려 놓고서 그 끈에 연명을 하고 있으니, 그것이 결코 적다고는 할 수 없는 것이다. 그러나 딸의 일생을 버려 준 것에 대면 말도 안 되게 이쪽이 크다.

그때에 그저 눈을 질끈 감고서 조금만 염량을 다르게 먹었다든지, 또 그 당장에서는 미워서 욕을 했어도, 계봉이가 말하던 대로 염탐이라도 좀 해보았든지 해설랑 고가의 청혼을 물리쳤더라면, 그새 한 이 년 집안의 고생은 더 했을망정 오늘날 와서 제 팔자 남에게 부럽지 않았을 것이고, 집안도 떳떳이 사위의 덕을 볼 것이고 그랬을 것이 아니더냔 말이다.

유씨는 이렇게 후회를 하기는 하면서도 그러나 일변 재미스러운 궁리도 없진 않다.

유씨가 승재를 애초에 초봉이의 배필로 유념을 했다가 태수가 뛰어드는 판에 퇴짜를 놓고는, 다시 계봉이를 두고 마음에 염량을 해두었던 것은 벌써 이태 전이다. 그러나 딴속이 있었기 때문에 그 동안 계봉이가, 유씨의 말대로 하면 말만한 계집애년이 홀아비로 지내는 총각놈 승재한테를 자주 놀러도 다니고 하면서 가까이 지내는 것을 알고도 모른 체 짐짓 눈치만 보아 왔던 것이요, 그러잖았으면야 단단히 잡도리를 해서 그걸 금했을 것은 여부도 없는 말이다.

그러다가 작년 가을 승재가 마지막 시험을 치른 결과 합격이 다 되어서 아주 옹근 의사 노릇을 하게 되었다는 소식을 듣고는 바싹 더 마음이 당겨 마침내 혼인을 서둘러 볼 요량까지 했었다. 그런데 그년 계봉이가 못 가게 막는 것도 듣지 않고서 서울로 올라가 버리고, 또 승재도 발길을 뚝 끊다시피 다니지를 않고 해서 유씨는 적잖이 실망을 하고 있던 참이다.

그렇게 실망을 하고 있던 참인데 승재가 모처럼 찾아왔고, 찾아와서는 병원을 내기 위하여 서울로 간다고 하니 이는 진실로 일대의 서광이 아닐 수가 없던 것이다.

유씨는 그리하여 시방 승재를 좀 붙잡아 앉히고 슬금슬금 제 눈치도 떠보려니와 이편의 눈치도 보여 주고 해서, 이번에 서울로 올라가거든 계봉이와 저희끼리 그 소위 연애라든지 사랑이라든지 하는 것을 분명히 어울리도록 어쨌든 자주 상종도 하고 하게시리 마련을 해놀 요량인 것이다. 그래만 놓으면 뒷일은 다 절로 술술 들어달 판이라서…….

승재는 정주사와 마주앉아서 지날 말같이 인사엣말같이 가게의 세월은 어떠하며, 매삭 수입은 어떠하며, 집안 지내는 형편은 어떠하냐고 물어 보고, 정주사는 그저 큰 것을 더 바랄 수는 없어도 가게의 수입이 쏠해서 암만은 되고, 또 재봉틀에서 들어오는 것이 있고 하니까 아무러나 지내는 간다고 별반 기일 것도 없이 대답을 해준다. 승재는 그럭저럭하면 계봉이한테라도 들은 대로 본 대로 전할 거리는 되겠거니 했다.

이야기가 일단 끝나고 난 뒤에 정주사는 혼자 하는 걱정같이, 그러나저러나 간에 내가 나대로 무엇이고 소일거리라도 마련을 해야지 원 갑갑해서…… 이런 소리를 덧들인다. 이 말은 오늘 북어를 못 사오고, 미두장에 가서 있던 것도 다 할 일이 없고 해서 심심한 탓으로 그렇게 되는 것이라고 유씨더러 알아듣고 양해를 하라는 발명이다. 그러나 승재는 이 위에 좀더 딸의 덕을 볼 욕심으로 이번 서울로 올라가거든 초봉이한테 그런 전갈과 권념을 해달라는 속이거니 싶어, 못생긴 얼굴이 다시금 물끄러미 건너다보였다.

유씨는 승재를 방으로 모셔 들일 요량으로 바느질 벌여 놓았던 것을 죄다 걷어치우고 말끔하게 쓸어 낸 뒤에 앞치마를 두르면서 가게로 내려선다. 아직 좀 이르기는 하지만 저녁밥을 지어 대접을 하자는 것이다.

"아 글쎄, 우리 작은년은 말이우!"

유씨는 부엌으로 나가려면서 우선 한 사설 늘어놓느라고,

"……그년이 공불 한답시구 쫓아 올라가더니, 웬걸 학굔 들잖구서 아따 무어라더냐, 나는 밤낮 듣구두 잊으니, 오 참 백화점…… 백화점엘 다닌다는구려! 그년이 무슨

재랄이야, 글쎄……."

승재는 다 알고 있는 소리지만 짐짓 몰랐던 체하는 표정을 한다.

"…… 아 글쎄, 더 높은 학교 못 가서 육장 노래 부르듯 하던 년이, 그게 무슨 변덕이우? 머, 제 형이 뒤를 거둬 주구 하니 공불 하자믄야 조옴 좋수?"

"……"

승재는 무어라고 대꾸할 말이 없어 그냥 덤덤하고 있다.

"……그년이 까부느라구 그랬을 거야, 그년이…… 그렇지만 그년이 까불긴 해두 재준 있다우. 또 제가 하려구두 들구…… 그러니깐 싹수가 없던 않은데…… 그리구 허기야 까부는 것두 다아 철들면 괜찮을 테구 하지만……."

승재는 유씨가 그 입으로 이렇게까지 계봉이를 추는 소리를 듣느니 처음이다.

"사람 못된 것 공분 더 시켜서 무얼 해! 제 형년 허패366)만 빠지지!"

정주사가 옆에서 속도 모르고 중뿔난367) 소리를 한마

---

366) '허파'를 뜻하는 경상도 사투리. 황당한 일을 당했거나 몹시 노엽거나 화난 상태를 표현할 때 인용해서 사용된다.
367) 어떤 일에 관계없는 사람이 불쑥 참견하여 나서는 것이 주제넘다. 하는 일이나 모양이 유별나거나 엉뚱하다.

디 거든다.

유씨는 쓰다고 고갯짓을 하면서 입을 삐죽삐죽,

"그년이 왜 사람이 못돼? 그년이 속이 어떻게 찼다구!…… 다아들 그년만치만 속이 찼어 보라지!"
하고 전접스럽게 꼬집어 뜯는다. 정주사는 승재 보기가 열적기는 하나 아까 싸움이 되벌어질까 봐서 더 대거리는 못 하고 노랑수염만 꼬아 붙인다.

"이건 참 긴한 부탁인데, 남서방……."

유씨는 낯꽃을 도로 푸느라고 이윽고 만에야 다시 근사 속 있이…….

"……이번에 올라가거들라컨 말이우, 그년더러 애여 그 짓 작파허구서 공부나 더 하라구 남서방이 단단히 좀 나무래기라두 허구 타일르기두 허구 다아 그래 주우. 남서방 하는 말이믄 곧잘 들을 테니깐…… 난 아주 남서방만 믿수?"

"글쎄올시다, 제가 머……."

"아니라우! 그년이 남서방을 어떻게 따르구 했다구! 그러니 잘 좀 유념해서 등한하게 여기지 말구…… 그리구 그년뿐 아니라 제 형두 서울루 떠난 지가 꼬박 이태나 됐어두 인해 어떻게 지내는지를 알 수가 없구려! 그러니 남서방 같은 이라두 서울 가서 있으믄서 오면 가면 뒤두 보살펴 주구 하믄, 즈이두 맘이 든든할 것이구, 에미 애비 두 다아 맘이 뇌구 않겠수?…… 그러니 이번에 올라가거들랑 부디 좀…… 아니 머 그럴 게 아니라 이렇게 허구려? 즈이 집 방을 하나 치이래서 같이 있어두 좋지? 그랬으믄야 머 참…… 내 그럼 오늘이래두 미리서 편질 해두까?"

"아, 아니올시다. 머, 다아 번폐스럽게……."

승재는 황망히 가로막는다.

승재가 짐작하기에는 이 수다스럽고 의뭉스런 마나님이 그렇게 어쩌고저쩌고 해서 초봉이와 가까이하게 해가지고는 다 이러쿵저러쿵 둘이를 도로 비끄러매 놓자는 수작이거니 싶었다. 그러나 승재로는 천만 당치도 않은 소리다.

미상불 승재는 그것이 젊은 첫사랑이었던만큼 시방도 초봉이한테 아련한 회포가 없는 것은 아니다. 또 그렇기 때문에 초봉이의 말 아닌 운명을 매우 슬퍼했고, 그를 불쌍히 여겨 깊은 동정도 하기는 한다. 그러나 꿈에라도 그를 다시 찾아내어 옛정을 도로 누린다든가, 더욱이 그를 제 아내로 맞이한다든가 할 생각은 없었다.

그러하지, 지금 승재가 절박하게, 그리고 리얼하게 마

음이 쏠리기는 차라리 계봉이한테다.

계봉이는 드디어 승재를 사로잡고 말았었다. 승재도 제 자신이 그렇게 된 줄을 몰랐다가, 작년 가을 계봉이가 서울로 뚝 떠난 뒤에야 제 몸뚱이가 통째로 없어진 것같이 허전한 것을 느끼고서 비로소 그것이 계봉이로 인한 탓인 줄을 알았었다. 그리하여 시방 승재를 끌어올려가는 것도 사실은 실비병원의 경영보다 계봉이의 '머리터럭 한 오라기'의 인력이 크던 것이다.

유씨와 정주사가 사뭇 부여잡다시피 저녁을 먹고 가라고 만류하는 것을 뿌리치고, 승재는 '콩나물고개'를 넘어 부랴부랴 S여학교의 야학으로 올라갔다. 벌써 다섯시 반이니 오늘새라 좀더 일잡아 갔어야 할 야학시간도 촉하거니와, 일찌거니 명님이를 찾아봤어야 할 것을 쓸데없이 정주사네게서 충그린 것이 찜찜해 못 했다.

야학이라는 건 작년 늦은봄부터 개복동과 둔뱀이의 몇몇 사람이 발론을 해가지고 S여학교의 교실을 오후와 밤에만 빌려서, 낮으로 일을 다닌다거나 놀면서도 보통학교에 다니지 못하는 아이들 모아 놓고 '기역 니은'이며 '일이삼사'며 '아이우에오' 같은 것이라도 가르치자고 시작을 한 것인데, 마침 발기한 사람 축에 승재와 안면 있는 사람이 있어서, 승재더러도 매일 산술 한 시간씩만 맡아 보아 달라고 청을 했었다.

승재는 그때만 해도 계몽이라면 덮어놓고 큰 수가 나는 줄만 여길 적이라 첫마디에 승낙을 했고, 이내 일년 넘겨 매일 꾸준히 시간을 보아 주어는 왔었다.

승재가 학교 밑 언덕까지 당도하자 종 치는 소리가 들렸고 다 올라갔을 때에는 아이들은 벌써 교실에 모여 와자하니 떠들고 있었다. 승재는 직원실에는 들르지 않고 바로 교실로 들어갔다.

아이들은 선생님이 들어서는 것을 보고 참새 모인 대숲에 새매가 지나간 것처럼 재재거리던 소리를 뚝 그치고 제각기 천연스럽게 고개를 바로 갖는다. 아이들이라야 처음 시작할 때에는 그것도 팔십 명이나 넘더니, 스실사실 다 떨어져 나가고 시방은 열댓밖에 안 남아서 단출하다면 무척 단출하다.

승재는 급장아이를 직원실로 보내어 출석부만 가져오게 하고는 모두 오도카니 고개를 쳐들고서 기다리는 아이들의 얼굴을 휘익 한번 둘러본다.

학과를 시작하기 바로 전이면 언제고 별뜻 없이 한번 둘러보는 게 무심한 습관이었지만, 오늘은 이것이 너희들과도 마지막이니라 생각하면 그새같이 무심치가 않고, 아이들의 얼굴이 하나씩하나씩 똑똑하게 눈에 띄는 것 같았다.

새삼스럽게 모두 한심했다. 하기야 승재가 처음에 그다지 와락 당겨하던 것은 어디로 가고 명색이나마 이 야학에 흥미를 잃은 것은 어제 오늘 일이 아니다. 작년 겨울부터서 그는 계몽이니 혹은 교육이니 한다지만 어느 경우에는 절름발이를 만드는 짓이고, 보아야 사실상 이익보다 독을 끼쳐 주는 게 아니냐고, 지극히 좁은 현실에서 얻은 협착스런 결론으로다가 막연한 회의를 하기 시작했었고, 그러기 때문에 야학 맡아 보아 주는 것도 신명이 떨어져서 도로 작파하고 싶은 생각이 없지 않았었다.

그렇지만 속은 어찌 되었든, 같은 교원이며 아이들한테고 떳떳하게 내세울 이유도 없이 그만두겠다는 말이 선뜻 나오지를 않아서 오늘날까지 미룸미룸 해왔던 것인데, 그러자 계제에 이번 서울로 멀리 떠나게 되었고, 그래서 할 수 없이 그만두게 되는 참이라 마음이야 어디로 갔든 겉으로는 그리 민망할 건 없었다.

그러나 소위 학문을 시킨다는 것은 흥미가 없었어도 아이들 그들 한테 정은 적잖이 들었던만큼, 더구나 저렇게 한심스런 것들을 떼어 놓고 떠나가자면은 자못 섭섭한 회포가 없지 못했다.

아이들의 모양새라는 것은 제각기 모두 밥을 한 사발씩 드북드북 배불리 먹고 났어도 도로 시장해 보일 얼굴들이다. 할끔한 놈, 샛노란 놈, 그 중에 그래도 새까만 놈은 영양이 좋은 편이다. 모가지와 손등과 귀밑에는 지나간 겨울에 트고 눌어붙고 한 때꼽재기[368]가 아직도 가시잖은 놈이 거지반이다. 옷도 저희들 생김새와 잘 얼린다. 아직 솜바지저고리를 입은 놈이 있는가 하면, 어느 놈은 홑고의적삼을 서늑서늑 갈아입었고, 다 떨어진 고쿠라[369] 양복은 제법 치렛감이다.

승재는 아이들의 가정을 한두 번씩, 혹은 병인이 있는 집은 치료를 해주느라고 드리없이 찾아 다니곤 했기 때문에 그 형편들을 낱낱이 잘 알고 있고, 그래서 어느 아이고 얼굴을 바라다보노라면 그 애의 집안의 꼴새까지 환히 머리에 떠오른다.

개개 지붕이 새고 토담벽이 무너진 오막살이요, 그나마 옹근 한 채가 아니고 방이 둘이면 두 가구, 셋이면

---

368) 때자국을 이르는 전라도 사투리.
369) '小倉織り'의 준말: 두꺼운 무명 직물(허리띠나 학생복 감 따위로 쓰임).

세 가구로 갈라 산다. 방문을 열면 악취가 코를 찌르는 어두컴컴한 속에서 얼굴이 오이꽃같이 노오란 여인네의 북통 같은 배가 누워 있기 아니면, 뜨는 누룩처럼 꺼멓게 부황이 난 사내가 쿨룩쿨룩 기침을 하고 앉았다.

또 어느 집은 하릴없는 도야지새끼처럼, 허리를 헌 띠 같은 것으로 동여매어 궤짝 자물쇠에다가 매달아 놓은 아기가 눈물 콧물 뒤범벅이 되어 울고 있다. 이건 양주가 다 벌이를 나간 집이다. 그 반대로, 남녀가 어린아이들과 방구석에 웅숭크리고 있는 집은 벌이가 없어 대개 하루나 이틀은 굶은 집이다.

승재는 모두 신산했지만, 더욱이 당장 굶고 앉았는 집을 찾아간 때면 차마 그대로 돌아서지를 못해, 지갑에 있는 대로 털어 놓곤 했다. 마침 지닌 것이 없으면 뒤로 돈 원이라도 변통해 보내 준다. 그뿐 아니라 온종일 굶고 있다가 추욱 처져 가지고 명색 공부랍시고 하러 온 아이들한테 호떡이나 떡이나 사서 먹이는 게 학과보다도 훨씬 더 요긴한 일과였었다.

그러느라 작년 가을 의사면허를 땄을 때 병원 주인이 사십 원을 한목 올려 주어 팔십 원이나 받는 월급이 약품 값으로 이십 원 가량, 생활비로 십 원 가량 들고는 그

나머지는 고스란히 그 구멍으로 빠져 나가곤 했다. 그러나 전과 달라, 시방 와서는 그것을 기쁨과 만족으로 하지를 못하고, 하루하루 막막한 생각과 불만한 우울만 더해 갔다.

승재가 가난한 사람의 병든 것을 쫓아 다니면서, 돈도 받지 않고 치료를 해준다는 소문이 요새 와서는 좁다고 해도 인구가 육만 명이 넘는 이 군산바닥에 구석구석 모르는 데 없이 고루 퍼졌고, 그래서 위급한데도 어찌하지 못하는 병자만 돌아보아 주재도 항용 열씩은 더 된다.

그 밖에 종기야 가슴아피야 하고 모여드는 사람은 이루 헬 수가 없다. 큼직한 종합병원 하나를 차리고 앉았어도 그 사람들을 골고루 만족히 치료해 줄 수는 없을 것 같았다. 그런 것을 낮에는 병원일을 보아 주고 나서 오후와 밤으로만 그 수응을 하자 하니 도저히 승재의 힘으로는 감당해 낼 재주가 없었다.

그건 그렇다고 다시, 돈 그까짓 삼사십 원을 가지고 그 숱한 배고픈 사람들을 갈라 먹이자니 마치 시장한 판에 밥알이나 한 알갱이 입에다 넣고 씹는 것 같아 간에도 차지 않았다.

대체 이 조그마한 군산바닥이 이러할 바이면 조선 전

체는 어떠할 것인가, 이것을 생각해 보았을 때에 승재는 기가 딱 질렸다.

단지 눈에 띄는 남의 불행을 차마 보지 못해 제 힘있는 껏 그를 도와 주고 도와 주고 하는 데서 만족하지를 않고, 그 불행한 사람들의 존재라는 것을 인식하는 데로 눈을 돌리게 된 것은 승재로서 일단의 발육이라 할 것이었었다.

그러나 그는 겨우 그 양(量)으로 눈이 갔을 뿐이지, 질(質)을 알아낼 시각(視角)엔 이르질 못했다. 따라서, 가난과 병과 무지로 해서 불행한 사람이 많은 줄까지는 알았어도, 사람이 어째서 가난하고 무지하고 병에 지고 하느냐는 것은 아직도 알지를 못한다.

그렇기 때문에 소박한 (타고난) 휴머니즘밖에 없는 시방의 승재의 지금의 결론은 절망적이다.

그 숱해 많은 불행한 사람을 약삭빨리 한두 사람이 구제할 수는 없는 일이다.

그리고, 그래도 눈으로 보고서 차마 못해 돈푼이나 들여서 구제니 또는 치료니 해주는 것은 결국 남을 위한다느니보다도, 우선 나 자신의 감정을 만족시키는 제 노릇에 지나지 못하는 일이다.

이러한 해석 끝에 그러면 어떻게 해야 옳으냐고 자연 반문을 하는데, 거기서는 아무렇게도 할 수 없다는 대답밖에 나오지 않았다.

승재는 갑갑했다. 그러자 마침 계봉이로 해서 서울로만 가고 싶었다. 그런데 계제에 서울로 올라갈 기회가 생겼다.

그러니 결국 계봉이한테 끌려서, 또 한편으로는 예가 막막하니까 새로운 공기 속으로 도망을 가는 것이지만, 승재 제 요량에는 서울로 가기만 하면 좀더 널리 그리고 좀더 효과 있게 일을 할 수가 있겠지 하는 희망도 없진 않았었다.

"자아 오늘은……."

승재는 아이들을 내려다보던 얼굴을, 역시 별 의미 없이 두어 번 끄덕거리고 나서,

"……공분 고만두구, 느이허구 나허구 이야기를 한다구우."

"네에."

모두 좋아서 한꺼번에 대답을 한다. 내놓았던 공책이며 책을 걷어치우느라고 잠시 분주하다.

"내가 내일이면 저어 서울루 떠나는데…… 그래서 느이허구두 인전 다시 못 만나게 됐는데 말이지……."

말이 떨어지자 아이들은 잠시 덤덤하더니, 이어 와 하고 제각기 한마디씩 지껄인다.

어째 서울로 가느냐고 짐짓 섭섭한 체하는 놈, 서울로 떠나지 말라는 놈, 언제 몇 시차로 떠나느냐고 정거장까지 배웅을 나가겠다는 놈, 저희끼리 쑥덕거리는 놈 해서 한참 요란하다.

승재는 물끄러미 내려다보고 섰다가 교편으로 교탁을 따악 친다.

"고마안 하구 조용해!"

아이들은 지껄이던 것을 한꺼번에 뚝 그치고 고개를 똑바로 쳐든다.

"……자아, 느이들 내가 부르는 대루 하나씩 하나씩 일어서서 내가 묻는 대루 다아 대답해 보아? 응?"

"네에."

승재는 아이들더러 이야기를 하자고는 했지만, 그래도 명색이 작별하는 마당인데, 여느때처럼 토끼나 호랑이 이야기를 할 수는 없고 해서 어쩔까 망설이다가 문득 심심찮은 거리가 생각이 났던 것이다.

"저어 너, 창윤이……."

승재가 교편을 들어 가리키면서 이름을 부르는 대로 한가운데 줄에서 열댓 살이나 먹어 보이는 야물치게 생긴 놈이 대답을 하고 발딱 일어선다.

성한 데보다는 뚫어진 데가 더 많은 검정 고쿠라 양복 바지에 얼쑹덜쑹 무늬가 박힌 융샤쓰를 입고 이마에 보기 흉한 흉이 있는 아이다. 눈이 뚜렷뚜렷한 게 무척 약게 생겼다.

"……음, 창윤이 넌 이렇게 공불 해가지구서 인제 자라면 무얼 할 텐가?"

승재가 천천히 묻는 말을 받아 아이는 서슴지 않고 냉큼,

"전 선생처럼 돼요."

한다.

"나처럼? 건 왜?"

"전 선생님이 좋아요."

승재는 속으로 예라끼 쥐 같은 놈이라고 웃었다.

"그 다음, 넌?"

맨 뒷줄에서 제일 대가리 큰 놈이 우뚝 일어선다. 눈만 두리두리 큉하지 얼굴이 맺힌 데가 없고 둔해 보인다.

"……넌? 넌 공부해서 무얼 할 테야?"

"네, 전 전, 조선총독부 될래요."

아이들이 해끗해끗 돌려다보고 그 중 몇 놈은 빈들빈들 웃는다. 승재도 웃음이 나오려는 것을 겨우 참고서,

"그래 조선 총독이 돼선 무얼 할려구?"

"월급 많이 받게요."

"월급은 얼마나?"

"백 원…… 아니 그보담 더 많이요."

"월급은 그리 많이 받아선 무얼 할 텐고?"

"마구 쓰구, 그리구……."

그 다음은 종쇠370)라고 하는 열두어 살이나 먹은 놈이 불려 일어섰다. 콧물이 흐르고 옷이라는 건 때가 누더기 않고 솜뭉치가 비어 나오는 핫옷이다.

"넌 공부해 가지구 인제 자라면 무얼 할 텐가?"

아이는 고개를 들지 않고 곁눈질만 한다. 이 애는 늘 이렇게 침울한 아인데, 오늘은 유난히 더해 보인다.

"자아, 종쇠두 대답해 봐?"

"저어……."

"응."

---

370) 사물놀이에서 꽹과리를 치는 사람.

“저어…….”

“응.”

“순사요.”

“순? 사?”

뒷줄에서 두어 놈이 킥킥거리고 웃는다. 웃는 소리에 종쇠는 가뜩이나 주눅이 들어서 고개를 깊이 떨어뜨린다.

“그래, 순사가 되구 싶다?”

“네에.”

“응, 순사가 되구 싶어…… 그런데, 어째서……?”

“저어…….”

“응.”

“저어 우리 아버지가…….”

종쇠는 그 뒷말을 다 하지 못하고 손가락을 문다.

“그래 느이 아버지가 널더러 순사 되라구 그러시던?”

“아뇨.”

“그럼?”

“우리 아버지, 잡아가지 말게요.”

승재는 황망하여, 아까보다 더 여러 놈이 웃는 것을 일변 나무라면서 일변 종쇠더러,

“종쇠, 너, 순사가 느이 아버지 붙잡어가던? 응?”

"네에."

"온, 저걸!"

전서방이라고 살기는 '사젱371)이'에서 살고, 선창에서 지겟벌이로 겨우 먹고 사는데, 며칠 전에 다리를 삐었다고 승재한테 옥도정기까지 얻어 간 사람이다. 그리고 집에는 아내와 종쇠를 맨 우두머리로 젖먹이까지 아이들이 넷이나 되는 것도 승재는 훵하니 알고 있다.

"……그래, 언제 그랬니?"

승재는 종쇠 옆으로 내려와서 수그리고 섰는 아이의 얼굴을 들여다본다.

"어저께 저녁에요."

"으응!…… 그런데 왜? 어쩌다가?"

"저어…….."

"웅, 누구하구 싸웠나?"

"쌀 훔쳐다 먹었다구……."

승재는 아뿔싸! 여러 아이들이 듣는 데서 물을 말이 아닌 걸 그랬다고 뉘우쳤으나 이미 늦었다. 그는 저도 모르게 사나운 얼굴로 다른 아이들을 휘익 둘러본다. 선

---

371) 사정(射精). (의학) 남성의 생식기에서 정액을 반사적으로 내쏘는 일. 생식기에 가해지는 자극에 의하여 사정중추가 흥분하면 일어난다.

생님의 무서운 얼굴에 겁들이 나서, 죄다 천연스럽게 앉아 있고 한 놈도 웃거나 저희끼리 소곤거리는 놈이 없다.

승재는 이윽고 안색을 눅이고 한숨을 내쉬면서 풀기 없이 교단으로 도로 올라선다.

"그래, 종쇠야?"

"네에?"

"넌 그래서 순사가 되겠단 말이지?…… 느이 아버지가 남의 쌀을 몰래 갖다 먹어두 넌 잡어가지 않겠단 말이지?"

"네에."

"응…… 그래, 느이 아버지를 잡아가지 말려구, 그럴려구 순사가 될 터란 말이었다?"

"네에."

"그럼 남의 쌀을 몰래 갖다가 먹은 아버진 그랬어두 아버진 착한 아버지란 말이지?"

"아뇨."

"아냐?"

"네에."

"그럼 나쁜 아버진가? 종쇠랑 동생들이랑 배고파하니깐 밥해 먹으라구, 그래서 그랬는데."

"그러니깐 난 아버지 붙잡어 안 가요."

승재는 슬픈 동화를 듣는 것 같아 눈가가 매워 오고 목이 메어 더 말을 하지 못했다.

술이 얼큰해 가는 동행 제약사는 저 혼자 흥이 나서 승재의 몫으로 들어온 여자까지 둘 다 차지를 하고 앉아 재미를 본다. 색주가372)집이라고는 생전 처음으로 와보는 승재는, 술은커녕 다른 안주 짜박도 매독이 무서워서 손도 대지 않았다.

여자들의 행동은 상상 이상으로 추악한 게 완연히 동물 이하여서 승재로는 차마 바로 볼 수가 없었다.

제약사는 두 여자를 양편에다 끼고 앉아서, 한 손으로는 유방을 떡 주무르듯 하고 한 손으로는…… 그래도 두 여자는 어디 볼때기나 만지는 것처럼 심상, 심상이라니 도리어 시시덕거리면서 좋아한다. 승재는 차마 해괴해서 못 본 체 외면을 하고 앉았다.

"여보, 난상? 난상?"

제약사는 지쳤는지, 이번에는 여자 하나를 끼고 뒹굴다

---

372) 色酒家. 젊은 여자를 두고 술과 함께 몸을 팔게 하는 집.

가 소리소리 승재를 부르면서 게슴츠레 풀린 눈으로 연신 눈짓을 한다. 그래도 승재가 못 들은 체하고 있으니까,

"……아, 난상두 총각 아니우? 자구 갑시다, 자구…… 아인(一圓)이믄 돼. 내 다아 당허께……."

하고 까놓고 떠들어 대면서, 일변 짝 못 찾은 다른 한 여자더러 눈을 끔적끔적한다.

그 여자는 알아듣고서 얼른 승재게로 달려들더니 여부없이 목을 얼싸안고 나가뎅군다. 승재는 질겁을 해서 버둥거려도 빠져나지를 못한다.

"이 양반이 분명 내신가 봐?"

여자는 조롱을 하다가, 어디 좀 보자고 손을 들이민다. 승재는 사정없이 여자를 떠다밀치고 벌떡 일어서서 의관을 찾는다.

"가 가만, 잠깐만, 난상 난상…… 정말 재미나는 구경이……."

제약사는 비틀거리고 일어서더니 지갑 속에서 오십 전짜리를 한 푼을 꺼내 들고는 승재의 몫이던 여자더러,

"너 이거 알지?"

"피이! 오십 전!"

"얘, 서양선 금전을 쓴다더라만, 조선서야 어디 금전이

있니? 그러니깐 아쉰 대루 이놈 은전으루, 웅?"

"오십 전 바라군 못 하네!"

"그럼 이놈만 ⋯⋯⋯면 일 원 한 장 더 준다!"

"정말?"

"네한테 거짓말하겠니? 염려 말구서 ⋯⋯⋯기나 해라. 애, 애, 그렇지만 아랫두린 다아 ⋯⋯⋯야 한다? 웅?"

"그야 여부가 있수!"

"자아, 난상 구경하시우. 이건 서양이나 가예지 보는 거라우. 그리구 더 놀다가 ⋯⋯⋯허구 가요, 네?"

제약사는 성냥갑 위에다가 오십 전짜리 은전을 올려놓고 물러앉고, 재주를 한다던 여자는 별안간 입었던 치마부터 ⋯⋯기 시작한다. 승재는 누가 잡을 사이도 없이 문을 박차고 나와서 신발도 신는 둥 마는 둥 거리로 뛰어나섰다. 그는 은전을 ⋯⋯다니까 혹시 입으로 무슨 재주를 부리는 줄만 알고서 잠자코 있었던 것이다. 모자도 못 쓰고, 외투도 못 입고, 혼자 떨면서 돌아오는 승재는 속에 메스꺼워 몇 번이고 욕질이 나는 것을 겨우 참았다.

이것이 작년 겨울 어느 날 밤에 약제사가 승재의 사처로 놀러 와서는 색시들 있는 데를 구경시켜 주마고 꾀는 바람에, 승재는 대체 어떻게 생긴 곳이며 생활과 풍토는 어뗘한가 하는 호기심으로 슬며시 따라왔다가 혼띔이 나보던 경험이다.

승재는 전연 상상도 못 한 것이어서, 어쩌면 사람이 (더욱이 여자가) 그대도록 타락이 될까 보냐고 여간만 분개한 게 아니다. 그는 작년 겨울의 이 기억을 되씹으면서 온통 색주가집 모를 부은 개복동 아랫비탈 그 중의 개명옥(開明屋)이라는 집으로 시방 명님이를 찾아온 길이다.

오늘 야학에서 일찍 여섯시까지 시간을 끝내고, 교원 두 사람더러 내일 밤차로 떠날 듯하다는 작별을 한 뒤에 이리로 이내 오는 참이다.

아직 해도 지기 전이라 손님은 들지 않았고, 이방 저방 색시들이 둘씩 셋씩 늘비하니 드러누워 콧노래도 부르고, 누구는 단속곳바람으로 웃통을 벗어 젖히고서 세수를 하느라 시이시 한다. 끼웃끼웃 내다보는 색시들이 죄다 얼굴이 삐뚤어져 보이기도 하고, 볼때기나 이마빼기나 코허리가 썩어 들어가는 것을 분으로 개칠을 했거니 싶기도 했다.

승재는 그의 말대로 하면, 이런 곳은 인류가 환장을 해서 동물로 역행하는 구렁창이었었다. 환장을 않고서야 결단코 그렇게 파렴치가 될 이치는 없다는 것이다.

결국 그러므로, 승재는 제 소위 '환장을 해서 동물로 역행을 하는' 여자들을 그 허물이 전혀 그네들 자신에게 있는 줄만 알고 있는 게 되어서 그들을 동정하고 싶은 생각보다는 더럽다고 침을 뱉고 싶어하는 사람이다.

명님이는 승재가 찾아온 음성을 알아듣고 반가워서 건넌방에 있다가 우루루 달려나온다. 그러나 승재와 얼굴이 쭈뼉 마주치자 해죽 웃으려다 말고 금시로 눈물이 글성글성하더니 몸을 홱 돌이켜 쫓아 나오던 건넌방으로 도로 들어가서는 울고 주저앉는다.

명님이는 실상 어째서 우는지 저도 모르고 울던 것이다. 이런 집에 와서 있게 된 것이 언짢거나 슬프거나 한 줄을 아직 모르겠고 그저 덤덤했다. 다만 안 된 것이 있다면, 어머니 아버지와 같이 있는 '우리집'이 아니어서 호젓한 것 그것 한 가지뿐이다. 그러니까 승재를 보고 운 것도, 차라리 반가운 한편, 역시 어린애다운 농암으로 눈물이 나온 것일 것이다.

명님이가 눈물 글썽거리는 것을 보고서 승재도 눈물이 핑 돌았다. 그는 옳게 처량했다.

저렇게 애련하고 저렇게 순진하고 해보이는 소녀를 이

구렁창에다 두어 '환장한 인간들로 더불어 동물로 역행'을 하게 하다니, 도저히 못할 노릇이라 생각하면 슬픈 것도 슬픈 것이려니와 그는 다시금 마음이 초조했다.

승재는 암만 동정이나 자선이란 제 자신의 감정을 위안시키기 위한 제 노릇에 지나지 못하는 것이라는 해석은 가지고 있어도, 시방 명님이를 구해 주겠다는 이 형편에서는 그런 생각은 몽땅 어디로 가고 없다. 또 생각이 났다고 하더라도 그 힘이 이 행동을 막진 못할 것이었었다.

그새 사흘 동안 승재는 제 힘껏은 눈을 뒤집어쓰고 납뛰다시피 했었다. 물론 승재의 주변이니 별수가 없기는 했었지만, 아무려나 애는 무척 썼다.

사흘 전, 밤에 명님이가 찾아와서 몸값 이백 원에 팔렸다는 것이며, 내일 밝는 날이면 아주 이 집 개명옥으로 가게 되었다고, 그래서 작별을 온 줄로 이야기하는 말을 듣고는 펄쩍 뛰었었다. 그는 그 동안 명님이네 부모 양서방 내외더러 자식을 몹쓸 데다가 팔아먹어서야 쓰겠냐고, 그런 생각은 부디 먹지 말라고 만나는 족족 일러 왔고, 양서방네도 들을 만하고 있었기 때문에 일이 갑자기 이렇게 될 줄은 깜박 모르고 있었다.

그날 밤 승재는 당장 두 주먹을 불끈 쥐고 양서방네한

테로 쫓아가려고 뛰쳐 일어섰으나 양서방은 그 돈을 몸에 지니고 아침에 벌써 장사할 어물(乾魚物)을 사러 섬으로 들어갔다는 명님이의 말을 듣고 그만 떡심이 풀려 방바닥에 펄씬 주저앉았다.

밤새껏 승재는 두루두루 궁리를 한 후에 이튿날 새벽같이 병원 주인 오달식이더러 서울로 가는 걸 서너 달 미루고 더 있어 줄 테니 돈 이백 원만 취해 달라고 말을 해보았다. 그러나 병원 주인은 며칠 전에 승재가 서울로 가겠다고 말을 해놓고서 이태 동안만 더 있어 달라고 졸라도 듣지 않았을 때에 속으로 꽁하니 노염이 났었고, 또 석 달이나 넉 달 더 있어 주는 건 고마울 것도 없대서, 그래저래 심술을 피우느라고 한마디에 거절을 해버렸다.

승재는 십상 되겠거니 믿었던 것이 낭패가 되고 보니, 달리는 아무 변통수도 없고 해서 코가 석자나 빠졌다.

할 수 없이 책을 죄다 팔아 버리려고 헌책사 사람을 데려다가 값을 놓게 해보았다. 그러나 그것 역시 이런 군산바닥에서는 의학서류며 자연과학에 관한 서적은 사놓는데도 팔리지를 않으니까 소용이 닿지 않는다고 다뿍 비쌘 뒤에, 그래도 정 팔겠다면 한 팔십 원에나 사겠다고 배를 튕겼다.

도통 사백 권에 정가대로 치자면 근 천 원 어치도 넘는 책이다. 그래도 승재는 아깝지 않은 것은 아니나, 그대로 팔십 원에 내놓았다. 그러고도 심지어 헌 책상 나부랑이며 자취하던 부등가리373)까지 헌 옷벌까지 모조리 쓸어다가 팔 것 팔고 잡힐 것 잡히고 한 것이 겨우 십오원 남짓해서, 서울 올라갈 찻삯 오 원 각수를 내놓으면 도통 구십 원밖에는 변통이 못 되었다.

그 다음에는 아무리 애를 써도 더 마련할 재주가 없었다. 그것도 사람이 좀더 주변성이 있었다면, 가령 되다가 못 될 값에 이번에 병원을 같이 해나가자고 한다는 그 사람한테 전보라도 쳐서 구처를 해보려고 했을 것이지만, 도무지 남과 여수라는 것을 해보지 못한 샌님이라놔서 거기까지는 생각이 미치지도 못했거니와, 또 생각이 났다 하더라도 병원 주인한테 한번 무렴을 본 다음이고 하여 역시 안 되려니 단념을 하고 말았기가 십상일 것이었었다.

그러고서는 하도 속이 답답하니까, 그 동안 다달이 몇 원씩이라도 저금이나 해두었더라면 하고, 아닌 후회나

373) (순우리말) 부삽 대신 쓰는 제구.

했다.

할 수 없이 마음은 초조해 오고 달리는 종시 가망이 없고 하여, 그놈 구십 원이나마 손에 쥐고 허허실수로, 또 오늘 일이 여의치 못하면 뒷일 당부도 할 겸, 명님이와 작별이라도 할 겸 이렇게 찾아는 온 것이다.

승재는 가뜩이나 낯이 선 터에 명님이를 따라 눈물이 비어지는 것을 억지로 참느라고 한참이나 두리번거리다가 겨우, 주인양반을 좀 만나 보겠다고 떼어 놓고 통기를 했다.

주인은 내가 주인인데 하면서 웬 뚱뚱한 여자 하나가 아직 이른 태극선을 손에 들고 나서는 것도 승재한테는 의외거니와, 그의 뚱뚱한 것이며 차림새 혼란스런 데는 어쩌면 기가 탁 접질리는 것 같았다.

나이는 한 오십이나 됨직할까, 볼이 추욱 처지고 두턱진 얼굴에 불콰하니 화색이 도는 것이며, 윤이 치르르 흐르는 모시 진솔치마를 질질 끌면서 삼칸 마루가 사뭇 그들먹하게 나서는 양은 어느 팔자 좋은 부잣집 여인네가 나들이를 나온 길인 성싶게 후덕하고 점잖아 보였다. 다만 손가락마다 싯누런 금반지가 아니면, 백금반지야 돌 박힌 반지를 그득 낀 것은 몹시 조색스럽기도 하지만,

의젓한 그 몸집이나 옷 입음새에 얼리지 않고 쌍스러워 보였다.

주인이라는 여자는 위아래로 승재를 마슬러보면서,

"누구시우? 왜 그러시우?"

하고 거푸 묻는다. 도금비녀나 상호(商號) 없는 화장품 장수 대응하듯 하는 태도가 분명했다.

미상불 승재는 털면 먼지가 풀신풀신 날 듯, 구중중한 그 행색에 낡은 왕진가방까지 안고 섰는 꼴이 성가시게 떠맡기려고 졸라 댈 도금비녀 장수 같기도 십상이었었다.

"저어, 쥔…… 양반이십니까?"

승재는 안 물어도 좋을 말을 다시 물어 놓는다.

"글쎄 내가 이 집 주인이란밖에요…… 사내주인은 없단 말이오. 그러니 할 말 있거던 날더러 허시우…… 어디서 오셨수?"

"네, 그러면…… 저어 명님이라는 아이가 여기 와서 있는데요……."

"명님이? 명님이?"

"저어, 그저께 새루…… 저 요 우에 사는 양서방네……."

승재는 방금 들어오면서 제 눈으로 본 아이를 생판 모르는 체하거니 하고 참으로 무섭구나 했다. 그러나 이어

주인여자의 대답을 듣고는 그런 게 아닌 줄은 알았고,

"네에, 양서방네요!…… 있지요. 홍도 말씀이시군…… 그래, 그 앨 만나러 오셨수? 일가 되시우?"

"일간 아니구요…… 그 애 일루 해서 쥔…… 양반허구 무어 좀 상의할 일이 있어서요."

"나허구 상월 하신다? 네에…… 그럼 당신은 누구시우?"

"나는 저어 남승재라구 저기 금호병원……."

"네에! 아아 그러시우!"

주인여자는 승재의 말이 미처 떨어지기도 전에 알아듣고는 반색을 하여 갑자기 흠선을 떨면서,

"……온, 그러신 줄은 몰랐지요! 좀 올라오십시오, 어여 절러루 좀 올라가십시다…… 나두 뵙긴 첨이지만 소문은 들어서 다아 참 장허신 수고를 허신다는 양반인 줄은 알구 있답니다…… 어서 일러루……."

승재는 주인여자의 흔감떨이에 낯이 점직해 어쩔 줄 몰라하면서 청하는 대로 안방으로 들어가서 권하는 대로 모본단 방석을 깔고 앉았다.

주인여자는, 손은 피우지도 않는 담배를 내놓는다, 재떨이를 비어 오게 한다, 부산나케 서둘다가야 겨우 자리

를 잡고 앉더니, 이번에는 입에서 침이 마르게 승재를 추앙을 해젖힌다. 필시 별뜻은 없고, 구변 좋고 말 좋아하는 여자의 지날 인사가 그렇던 것이다.

아무려나 승재는 처음 생판 몰라주고서 쌩동쌩동할 때와는 달라, 이렇게 흔연 대접을 해주니, 우선 제 소간사를 말 내놓기부터 수나로울 것 같았다.

"게, 그 앤 어찌……?"

주인여자는 이윽고 그 수다스런 사설을 그만 해두고 말머리를 돌려 승재더러 묻던 것이다.

"……전버텀 알음이 있던가요? 혹시 같은 한고향이라던지……."

승재는 비로소 제 이야기를 내놓을 기회를 얻었다.

처음 병을 낫우어 주느라고 명님이를 알게 된 내력부터 시작하여, 이내 삼 년 동안이나 친누이동생같이 귀애하던 것이며, 그런데 뜻밖에 이런 데로 팔려 왔다는 말을 듣고 마음이 언짢았다는 것이며, 그래 그대로 보고 있을 수가 없어서 백방으로 주선을 해보았으나, 돈이 구십 원밖에는 안 되었다는 것이며, 그러니 물론 경우가 아닌 줄 알기는 알지만, 그놈 구십 원만 우선 받아 두고 그 애를 도로 물러 줄 양이면 일간 서울로 올라가서 석 달

안에 실수 없이 나머지 처진 것을 보내 주겠노라고, 이렇게 조곤조곤 정성을 들여 사정 설파를 늘어 놓았다.

주인여자는 이야기를 들으면서, 대문대문 그러냐고, 아 그러냐고 맞장구만 연신 치고 있더니, 승재의 말이 다 끝나자 한참 만에,

"허허!"

하고 탄식인지 탄복인지 모르게 우선 한마디 해놓고는 새로 담배를 붙여 문다.

"참, 대단 장허신 노릇입니다!…… 해두……."

주인여자는 붙인 담배를 두어 모금 빨고 나서, 또 잠시 생각하는 체하다가,

"……건 좀…… 다아 섭섭하시겠지만…… 그래 디리기가 난처합니다, 네……."

어느 편이냐 하면, 허탕을 치기가 섭상이려니 미리서 각오를 안 한 것은 아니나, 막상 이렇게 되고 보매, 승재는 신명이 떨어져 고개를 푹 수그리고 묵묵히 말이 없다.

"……다아 그래 디렸으면야 대접두 되구 하겠지만, 아 글쎄 좀 보시우? 나두 이게 좋으나 궂으나 영업이 아닌가요? 영업을 하자구 옹색한 돈을 딜여서 영업자를 구해 온 게 아녜요?"

"……"

"그런 걸 영업두 미처 않구서 도루 물러 주기가 억울한데 우환중에 디린 돈두 다아 찾질 못하구서 내놓는대서야, 건 좀…… 네? 그렇잖다구요?"

"네에."

승재는 마지못해 대답을 하면서 고개를 끄덕거린다.

"그러니 여보시우, 기왕 점잖으신 터에 말씀을 하신 그 대접으루다가 내가 딜인 밑천만 한목에 치러 주시믄 두말없이 그때는 물러 디리지요."

승재는 하도 막막해서 뒷일 상의와 부탁을 하자던 것도 잊고 덤덤히 앉아만 있다.

"그런데 여보시우?"

주인여자는 뒤풀이가 미흡했던지, 또는 이야기가 더 하고 싶었던지 음성을 훨씬 풀어 가지고 근경속 있게 다시 초를 잡는다. 승재는 무엇인가 해서 고개를 쳐들고 말을 기다린다.

"……이런 건 나버텀두 다아 객적은 소리지만, 게 다아 쓸데없는 짓입넨다. 다아 괜히 그러시지……."

"네에!…… 건 어째서?"

"허어 여보시우, 시방 당신님은 그 애가 불쌍하다구,

그래서 도루 빼주시잔 요량이지요?"

"불쌍?…… 으음, 그렇지요!"

"그렇지요? 그런데에…… 알구 보믄 이런 데라두 와서 있는 게 차라아리, 차라리 제겐 낫습녠다! 나어요!"

"낫다구요?…… 오온!"

"낫지요, 낫구말구요!"

"낫다니 그게 어디…….."

"허어! 모르시는 말씀…….."

주인여자는 볼때깃살이 털레털레하도록 고개를 흔들면서,

"……자아, 당신님두 저 애네 형편을 잘 아시겠구료? 아시지요? 별수없이 퍼언편 굶지요? 아마 하루 한 끼 어려우리다?…… 그러나, 아 세상에 글쎄 배고픈 설움 위에 더한 설움이 어딨겠수? 꼬루룩 소리가 나다 못해 쓰라린 창자를 틀켜 쥐구 앉아서 눈 멀뚱멀뚱 뜨구 생배를 곯는 설움보다 더한 설움이 있답니까?…… 고생하구는 제일가는 고생이구 그런 게 불쌍한 사람이지 누가 불쌍허우……? 남의 무엇은 크다구 부주깽이루다가 찔르더란 푼수루다 아 남이야 남의 시장한 창잣속 딜여다보는 게 아니니깐 배가 고픈지 어쩐지 모르지요. 그렇지

만 당하는 사람은 육장으루 생배 곯기라께 진정 못 할
노릇입닌다…… 못 할 노릇일 뿐 아니라…….”

주인여자의 언변은 차차 더 열이 올라 팔을 부르걷고
승재에게로 버썩 다가앉는다.

“……게, 제엔장맞일, 사람 쳇것이, 그래 날아다니는
까막까치두 제 밥은 있는 법인데 그래 사람 명색이 생으
루 굶어야 옳아요? 그버담 더한 천하에 몹쓸 죄인두 가
막소에서 밥은 얻어먹는데, 죽일 놈두 멕여 죽이는 법인
데, 그래 생사람이 굶어 죽어야 옳단 말씀이오? 네? 육신
이 멀쩡한 사람이 눈 멀거니 뜨구 앉어서 굶어 죽어야만
옳아요? 네?”

“그거야 누가 굶어 죽으라나요? 제가끔 다아, 저 거시
키…….”

승재가 잠깐 더듬는 것을 주인여자는 바싹 다잡고 대
들면서,

“그럼? 어떡허란 말이오? 두더지라구 흙이나 파먹구
살아요?”

“두더지처럼 땅 파구, 개미처럼 짐지구 그렇게 일하면
먹을 거야 절루 생기지요.”

승재는 대답은 해도 자신이 있어서 하는 소리는 아니다.

그 동안 야학 아이들의 가정들을 보기 싫도록 다니면서 보아야 그들이 누구 없이 일을 하기 싫어 않는 사람은 하나도 없고 개개 벌이가 없어서 놀고 있기가 아니면 병든 사람인 줄을 그는 역력히 알고 있었던 것이다.

그러니 그렇다면 시방 이 여자의 말이 옳다 해야 하겠는데, 승재는 결단코 항복을 않는다. 제 자신이 지닌 바 '인간의 기준'과 '사실'이 어그러진다는 것이다. 그러나 실상인즉 그 '인간의 기준'이란 건 제가 몸소 현실을 손으로 파헤치고서 캐낸 수확이 아니라, 남이 마련한 결론만 눈으로 모방해 가지고는 그것이 바로 제 것인 양, 만능인 양, 든든히 믿고서 되돌려다 볼 생각도 않는 '우상'일 따름인 것이다.

결국 승재는 그래서 시초 모를 결론만 떠받고 둔전거리는 셈이요, 그러니 저는 암만 큰소리를 해도 그게 무지(無智)지 별수없는 것이었었다.

"말두 마시우!"

주인여자는 결을 내어 떠든 것이 점직했던지 헤벌씸 웃으면서 뒤로 물러앉는다.

"……다아 몹쓸 것들두 없잖어 있어 호강하자구 딸자식을 논다니루 내놓는 년놈두 있구, 애편을 하느라고 청루나 술집에나 팔아먹는 수두 있긴 합디다마는, 그래도 열에 아홉은 같이 앉아 굶다 못해 그 짓입넨다. 나는 이런 장사를 여러 해 한 덕에 그 속으루는 뚫어지게 알구 있다우. 배고픈 호랭이가 원님을 알어보나요? 굶어 죽기 아니면 도둑질인데…… 아 참 여보시우, 그래 당신님 생각에는 이런 데 와 있느니 도둑질이 낫다구 생각하시우?"

"그야!"

승재는 실상 도적질과 그것과를 비교해서 어느 것이 좀더 낫다는 판단을 선뜻 내리기가 어려웠다.

"거 보시우! 도둑질할 수 없지요? 그러니 그대루 앉아서 꼿꼿이 굶어 죽어요?…… 오온 인간탈을 쓰구서 인간세상에 참례를 했다가 생으루 굶어 죽다니? 그런 천하에 억울한 노릇이 있어요? 잘나나 못나나 한세상 보자구 생겨난 인생인걸, 그러니 살구 볼 말이지, 그래 사는 게 나뿌?"

승재는 뾰족하게 몰린 꼴새여서 대답을 못 하고 끄먹끄먹 앉아 있다.

"그리구, 여보시우……."

주인여자는 한참이나 승재를 두어 두고 혼자 담배만

풀썩풀썩 피우다가 문득 긴한 목소리로 그러나 조용조용 건넌방을 주의하면서,

"……장차 어떻게 하실는지야 모르겠소마는, 저 앨 몸을 빼줘두 별수없으리다!"

"네?…… 어째서?"

"또 팔아먹습니다요!"

"또오?"

"네, 인제 두구 보시우."

"그럴 리가!"

"아－니오!…… 나는 다아 한두 번이 아니구 여러 차례 겪음이 있어서 하는 소리랍니다!…… 아, 글쎄 그 사람네가 그까짓 것 돈 이백 원을 가지구 한평생 살 줄 아시우?…… 장사? 흥! 단 일년 지탱하믄 오래 가는 셈이지요. 그리구 나믄 그땐 첨두 아니었다, 한번 깨묵맛을 딜였는 걸 오죽 잘 팔아먹어요? 시방이나 그때나 배고프기는 일반인데 무엇이 대껴서 안 팔아먹겠수?…… 두번짼 굶어 죽더래두 안 팔아먹을 에미 애비라믄, 애여 처음번에 벌써 팔아먹들 않는다우…… 생각해 보시우? 이치가 그럴 게 아니우?"

"네에!"

승재는 미상불 그럴듯하다고 고개를 연신 끄덕거린다. 그러고 보니 인제 서울로 올라가서 돈을 보내서 몸만 빼놓아 준다는 것도 생각할 문제일 것 같았다.

"보아서 촌 농가집으루 민며느리라두 주게 하던지……."

승재는 꼭이 그러겠다는 작정이라느니보다 어떻게 할까 두루두루 생각하면서 혼자말같이 중얼거리는 것을 주인여자가 얼핏 내달아,

"것두 괜헌 소리지요!"

하면서 고개를 설레설레 흔든다.

"건 왜요?"

"여보시우. 당신님 저어기 촌 여편네들 거 팔자가 어떤지 아시우? 아마 잘 모르시나 보니 좀 들어 보시우…… 그 사람네라께 여름 한철이나 겨우 시꺼먼 꽁보리밥이나 배불리 얻어먹지, 여니땐 펀펀 굶구 지내우. 옷이 어디 변변허우? 삼복에 무명것 친친 감구 살기, 동지섣달에 맨발 벗구 홑고쟁이 입구 더얼덜 떨기…… 일은 그러구서두 육나오게 하지요! 머 말이나 소 같지요! 도무지 사람 꼴루 뵈들 않는걸!…… 그런데다가 열이면 열 다아 시에미가 구박허구, 걸핏하면 능장질을 하지요! 서방놈이 때리지요! 어디 개팔자가 그렇게 기구허우? 차라리

개만두 못하지…… 그리니 자아 생각을 해보시우. 그렇게두 못 얻어먹구 헐벗구 뼈가 휘게 일을 하구 그러구두 밤낮 방망이찜이나 받구, 응?…… 그러믄서 그 숭악한 농투산이한테, 계집으로 한 사내 셈긴다는 것, 꼭 고것 한 가지, 그까짓 게 무슨 그리 큰 자랑이라구?…… 그까짓 게 무슨 그리 대단한 영화라구 그 노릇을 한단 말씀이오? 대체 춘향이는 이도령이 다아 잘나구, 또 제 정두 있구 해서 절개를 지켰다지만, 시방 여니 계집들이야 그까짓 일부종사가 하상 그리 대단하다구 촌 농투산이한테 매달려서 그 고생을 할 게 무어란 말씀이오? 네?…… 당신님이 다아 귀여허구 그러신다니 저 애만 하더라두 내가 시방 이애기한 대루 촌에 가서 그 팔자가 된다믄 당신님 생각에 좋겠수? 네?…… 나 같으믄 그러느니 차라리 예다 두지요!"

만일 농촌의 여자의 생활이 사실로 그렇다면, 미상불 명님이더러 이 길에서 그 길로 옮아 가라고 한다는 것도 결국 새빨간 남으로 앉아서 나만 옳은 줄 여겨 그걸 주장하는 것이 부끄럽지 않은가 싶었다. 그럴 뿐만 아니라 정으로 생각하더라도, 이 여자의 말마따나 승재로서는 명님이를 그런 데로 보내기가 가엾어 차마 못 할 것이었었다.

"그러면 저어, 이렇게 좀 해주시까요?"

오래오래 고개를 숙이고 앉아서 두루 궁리를 하던 승재가 겨우 얼굴을 쳐든다.

"어떻게?…… 무슨 좋은 도리가 있으시우?"

"내가 내일 밤차루 서울루 떠나는데요. 가서 속히 그 돈을 마련해서 보내 디릴 테니깐……."

"글쎄, 그러신다믄 물러는 디리지만, 시방 말씀한 대루 즈이 부모가 다시 또……."

"아니, 그러니깐, 차비두 부쳐 디릴 테니 즈이 집으로 보내지 말구서 바루 서울루 보내 주시면……."

"아아, 네에 네!…… 그야 어렵잖지요. 그렇지만 즈이 부모네가 말이 없을까요?"

"그건 내가 잘 말을 일러두지요. 머 못 한다군 못 할 테니까요."

"즈이 부모만 말이 없다믄야 졸 대루 해디리지요, 머…… 그러면 그렇게 허시우. 아직두 어린애구 허니깐, 내가 촉량해서 야숙한 짓은 안 시키구 잘 맡아 뒀다가 도루 내디릴 테니 다아 안심허시구 수히 조처나 허시두룩……."

승재는 주인여자가 말이라도 그만큼 해주는 게 여간 마음 든든하지를 않았다. 그는 방금 앉아서 명님이를 서울로 데려다가 제 밑에 두어 두고 간호부 견습을 시키든지, 또 형편이 웬만하면 공부라도 시킬 생각을 해냈던 것이다.

섬뻑 생각한 것이라도 더할 것 없이 무던했고, 진작 그런 마음을 먹었더라면 양서방한테라도 미리서 말을 했었을 테니, 그네도 참고 기다렸지 이렇게 갖다가 팔아 먹진 않았을 것이고, 따라서 이러한 각다분한 일도 없었으려니 싶어 느긋이 후회도 들었다.

승재는 주인여자더러 넉넉잡고 두 달 안으로는 돈을 보내 줄 테니 그리 알고 부디 잘 좀 맡아 두었다가 달라는 부탁을 한 뒤에 자리를 일어섰다.

주인여자는 마루로 따라나오면서 되도록 일을 쉬이 끝내 달라고, 실상 다른 사람이라면 그 동안의 돈 이자 하며 밥값까지도 쳐서 받겠지만, 젊은이가 마음이 하도 어질어서 그게 고마워서 본금 이백 원만 받겠노라고, 하니 그런 근경도 알아서 하루라도 빨리 조처를 해달라고 도리어 신신당부를 한다. 승재는 이 구혈의 이 여자가 그만큼 속이 트이고 인정까지 있는 것이 의외이어서 더욱

고마웠다.

명님이는 얼굴을 해죽 웃으면서 눈만 통통 부어 가지고 승재를 따라나온다.

대문간으로 나와서 명님이는 고개를 숙이고 섰고, 승재는 잠시 말없이 명님이를 바라다본다. 인제는 나이 그만해도 열다섯이라고 곱살한 게 제법 처녀 꼴이 드러난다. 이렇게 처녀 꼴이 박힌 명님이를 이곳에다가 두고 가는 일을 생각하면 두 달 동안이라 하더라도, 또 주인여자가 다짐하듯 한 말이 있다고는 하더라도 결코 마음이 놓이는 건 아니었었다.

"명님아?"

승재의 음성은 한량없이 보드랍다. 명님이는 대답 대신 고개를 쳐든다.

"너, 늘잡구 이 집에서 두 달만 참아라, 응?…… 그럼 그 안에 서울로 데려가 주께."

"서울요?"

무척 반가운지 명님이의 음성은 명랑하다. 그러면서 눈에는 구슬이 어린다.

명님이는 눈물이 나게 반갑고 고마웠는데, 승재는 이 애가 슬퍼서 울거니 하고 저도 눈물이 글성글성하고 목이 잠긴다.

"응, 서울…… 그러니깐 참구서 죄꼼만 기대리는 게야? 응?"

"네에."

"어머니 아버지한텐 내 말해 두께시니, 이 집 쥔이 차표 사주믄서 서울루 가라구 하거던 바루 오는 거야?"

"네에, 그렇지만 어떻게?"

"혼자 못 온단 말이지?…… 괜찮아…… 이 집에 부탁해서 전보 쳐달라구 할 테니깐, 전보 받구 내가 중간꺼정 마주 오지? 혹시 형편 보아서 내가 내려와두 좋구…… 그러니깐 맘놓구 그리구 울지 않구 잘 있는 거야?"

"네에."

"아버지 오늘 오신댔지? 밤에 오신댔나?"

"밤인지 몰라두 오늘 꼭……."

"응…… 그럼 내, 내일 떠나기 전에 한번 더 들르마…… 무엇 가지구 싶은 것 없나? 내일 올 때 사다 주께……."

"없어요, 아무것두……."

"그럴 리가 있나?…… 가만있자, 내가 생각해 봐서 내일 올 때 아무거구 하나 사다 주께…… 그럼 인젠 들어가.”

“네에.”

명님이는 대답은 하고도 그냥 서서 치마 고름만 문다. 승재는 울지 말고 있으란 말을 다시 이르고 떨어지지 않는 발길을 겨우 돌린다.

근경이 어쩌면 두 정든 사람끼리 떠나기를 아끼는 것과 흡사하다.

어느 사이 옅은 황혼이 자욱이 내려, 두 그림자를 도리어 더 뚜렷이 드러내 준다.

16. 탄력 있는 ‘아침’

계봉이는 제가 거처하는 건넌방에서 아침 출근 채비가 한창이다.

옷은 마악 갈아입었고, 그 다음에는 언제고 하는 버릇으로 마지막, 거울에다가 바투 얼굴을 대고서 이이, 이빨을 들여다본다. 그리 잘지도 않고 고른 위아랫니가 박속같이 새하얗게 드러난다. 아무것도 없다. 잇념 밑에 빨간 고춧가루 딱지도 박히지 않고, 잇살에 밥찌꺼기도 끼지 않았다.

소매 끝에서 꺼내 쥐었던 손수건을 도로 집어넣고, 이 번에는 방 안을 한 바퀴 휘휘 둘러본다. 방금 벗어 내던진 양말짜박이야 치마야 속옷 들이 여기저기 제멋대로 널려 있다.

셈든 계집아이가 몸 담그고 있는 방 뒤꼬락서니 하고는 조행에 갑(甲)은 아깝다. 그러나 계봉이 저는 둘러보다가 만족하대서,

"노이예츠 나하츠!"

하고 아 베 체 데[374]도 모르는 주제에 독일말 토막을 째와린다.

미상불 뒤가 어수선한 품이 종시 그 대중이지 서부전선처럼 아무 이상이 없기는 하다. 그러나 계봉이 저는 나갈 채비에 미진한 게 없다는 뜻이요 하니 오케이라고 했을 것이지만, 요새 그 오케이란 말이 자못 속되대서 이놈이 그럴싸한 대로 응용을 하던 것이다.

팔걸이시계를 들여다본다. 여덟시에서 십 분이 지났다. 지금 나서서 ××백화점까지 가자면 십 분이 걸리니,

374) 독일어 ABCD.

여덟시 반의 출근 정각보다 십 분은 이르다. 그놈 십 분은 동무들과 잡담으로 재미를 본다. 되었다.

"노이예츠 나하츠!"

한마디 부르는 흥으로 또 한번 외우면서, 샛문을 열고 마루로 나가려다 말고 문득 이끌리듯 환히 열어 젖힌 앞문 문지방을 활개 벌려 짚고 서서 하늘을 내다본다.

꽃이 피느라, 핀 꽃이 지느라 사월 내내 터분하던 하늘이 인제는 말갛게 씻기고 한창 제철이다.

추녀끝과 앞집 지붕 너머로 조금만 내다보이는 하늘이지만 언제 저랬던가 싶게 코발트 한 빛으로 맑아 있다. 빛이 한 빛으로 푸르기만 하니 단조하여 싫증이 날 것 같아도 볼수록 정신이 들게 신선하여 끝없이 마음이 끌린다. 바람결이 또한 알맞다. 부는지 마는지 자리는 없어도 어디서 새로 싹튼 떡잎의 냄새 없는 향기를 함빡 머금어다가 풍기는 것 같다.

계봉이는 문지방을 짚고 선 채 정신이 팔린다. 하도 일기가 좋아서 아침에 일어나던 길로 이내 몇 번째 이렇게 내다보곤 하던 참이다.

옷도 오늘 일기처럼 명랑하게 갈아입었다. 어젯저녁에 형 초봉이가 바늘을 뽑기가 무섭게 부랴부랴 식모한테 한끝을 잡히고 싸악 다려 놓은 새옷이다. 옅은 미색 생수 물겹저고리에 방금 내다뵈는 하늘을 한폭 가위로 오려다가 허리 잡아 두른 듯이 시원한 무색[水色] 부사견 치마다.

옷도 이렇게 곱게 입었으니 침침한 매장(賣場)보다도 저 하늘을 올려다보면서, 저 햇볕을 쪼이면서, 저 바람을 쏘이면서 어디고 아무 데라도 새싹이 피어오른 숲이 있고, 풀이 자라고 한 야외로 훠얼훨 돌아다니고 싶다. 곧 그러고 싶어서 오금이 우줄거린다.

마침 생각하니 오늘이 게다가 일요일이다. 그리고 공골시 내일이 셋째 번 월요일, 쉬는 날이다.

그게 더 안 되었다. 훨씬 넌지시 한 주일이고 두 주일 후라면 차라리 마음이나 가라앉겠는데, 오늘이 일기가 이리 좋아도 못 놀면서 남 감질만 나게시리 바투 내일이 쉬는 날이라니 약을 올려 주는 것 같아 밉광스럽다.

승재나 있었으면, 예라 모르겠다고 오늘 하루 비어 때리고서 잡아 앞참을 세우고 하다못해 창경원이라도 갔을 것을 하고 생각하니, 하마 올라왔기 쉬운데 어찌 소식이 없는가 해서 궁금하다.

"다라라 다라라."

'그루미 선데이'375)를, 그러나 침울한 게 아니고 명랑하게 부르면서 샛문을 열고 마루로 나선다.

"언니이, 나 다녀와요오."

"오냐, 늦잖었니?"

대답을 하면서 초봉이가 안방 앞미닫이를 열다가 황홀하여 눈을 흡뜬다.

"……아이구! 저 애가!"

"왜애?…… 하하하하, 좋잖우?"

계봉이는 한 손으로 치마폭을 가볍게 치켜 잡고 리듬을 두어 빙그르르 돌아서 형이 문턱을 짚고 앉아 올려다보고 웃는 앞에 가 나풋 선다.

"……날이 하두 좋길래 호살 좀 하구 싶어서…… 하하하, 좋지? 언니."

"좋다! 다아 잘 맞구 잘 쨌다."

초봉이도 흔연히 같이서 좋아한다. 그러나 그 좋아 보이는 동생의 옷치장이며 무성한 몸매를 곰곰이 바라다보는 그의 얼굴에는 이윽고 한 가닥 수심이 피어오른다.

계봉이는 본시 숙성하기도 하지만, 인제는 나이 벌써 열아홉이라 몸이 빈틈없이 골고루 다 발육이 되었다.

---

375) gloomy sunday.

돌려세워 놓고 보면 팡파짐하니 둥근 골반 아래로 쪼 옥쪽 곧은 두 다리가 비단양말이 터질 듯 통통하다. 그 두 다리가 어떻게도 실하게 땅을 디디고 섰는지 등뒤에 서 느닷없이 칵 떠밀어야 꿈쩍도 않을 것 같다. 어깨도 무슨 유도꾼처럼 네모가 진 것은 아니나 묵지근한 게 퍽 실팍해 보인다. 안으로 옥지 않은 가슴은 유방이 차차 보풀어오르느라고 알아보게 불룩하다.

키는 초봉이와 마주서면 이마 위로 한 치는 솟는다. 그 키가 탐스런 제 체격에 잘 어울린다. 얼굴은 어렸을 때 양편 볼때기로 추욱 처졌던 군살이 다 가시고 전체로 균형이 잡혀서 두릿하다.

그러한 얼굴이 분이나 연지 기운이 없이 제 혈색 그대 로요, 요새 봄볕에 약간 그을러 가무롯한 게 오히려 더 건강해 보인다. 눈은 타기가 없고 총명하나, 자라도 심술 은 가시잖는다.

하하하, 마음 턱 놓고 웃는 입과 잇속은 어렸을 적보다 도 더 시원하다.

이 활달하니 개방적인 웃음과, 입이 아무고 무엇이고 다 용납을 하여 사람이 헤플 것 같으면서도 고집 센 콧대 와 심술 든 눈이 좀처럼 몸을 붙이기 어렵게시리 옹글지고 맺힌 데가 있어, 결국 그 두 가지의 상극된 품격을 조화를 시킨다.

아무튼 전체로 이렇게 건강하고 균형이 잡혀 휘언한 몸매라 그는 어느 구석 오밀조밀하니 이쁘장스럽다거나 그런 게 아니고 그저 좋고 탐지어 개중에도 여럿이 있는 데서 떼어 놓고 보면은 선뜻 눈에 들곤 한다.

초봉이는 이렇게 탐스럽고 좋게 생긴 동생을 둔 것이, 보고 있노라면 볼수록 좋았다. 좋은 데 겨워 혼자만 보기가 아깝고 남한테 두루 자랑을 하고 싶다. 그래서 언제든지 계봉이와 같이서 거리를 나가기를 좋아한다.

형보가 못 나가게 고시랑거리니까 자주 출입은 못 하지만, 간혹 계봉이도 놀고 하는 날 둘이서 나란히 거리를 걷노라면 젊은 사내들은 물론이요, 늙수그름한 여인네들도 곧잘 계봉이를 눈여겨보곤 한다. 그러다가는 둘을 지나쳐 놓고 나서,

"아이! 그 색시 좋게두 생겼다!"

이런 칭찬을 개개들 한다.

그럴라치면, 초봉이는 동생을 마구 들쳐 업고 우줄거리고 싶게 기쁘고 자랑스러웠다. 그러나 동생이 그처럼 자랑스럽고 좋기 때문에 일변 걱정도 조만치가 않다.

초봉이가 보기에는 계봉이의 말하는 것이며 생각하는 것이며가 도무지 계집애다운 구석이 없고 방자스럽기만 했다.

언젠가도 아우형제가 앉아서 여자의 정조라는 것을 놓고 서로 우기는데, 초봉이는 요컨대 여자란 것은 정조가 생명과 같이 소중하고 그러니까 한번 정조를 더럽히기 시작하면은 그 여자는 버려진 인생이라고 쓰디쓴 제 체험으로부터 우러난 소리를 하던 것이나, 계봉이는 그와 정반대의 의견이었었다.

즉 정조는 생리의 한 수단이지 결단코 생명의 주재자(主宰者)가 아니요, 그러니까 정조의 순결성이란 건 상대적인 것이어서, 한 여자가 가령 열 번을 결혼했다고 하더라도 그 열 번이 번번이 다 정조적일 수가 있는 것이요, 그리고 설사 어떠한 여자가 생활의 과정상 불가항력이나 또는 본의가 아닌 기회에 정조를 온전히 하지 못한 적이 있다 하더라도 그것만으로 '인생의 실권(失權)'을 선고할 아무런 근거도 없다는 것이었었다.

이것이 제 형을 연구재료삼아서 얻은 계봉이의 주장이었고, 그런데 초봉이는 동생의 그렇듯 외람한 소견을 그것이 바로 행동의 기준인가 하고는, 저 애가 저러다가 분명코 무슨 일을 저지르지 싶어 가슴이 더럭했었다.

차라리 학교나 다녔으면 그래도 더얼 마음이 조이겠는데, 그다지 하고 싶어하던 공부면서 무슨 변덕으로 남자들이 덕실덕실한 백화점을 굳이 다니고 있으니 마치 어린아이가 우물가에서 놀고 있는 것처럼 위태위태해서 볼 수가 없다.

그런데다가 올 봄으로 접어들어 완구히 성숙한 계봉이의 몸뚱이를 버엉떼엥하면서 힐끗힐끗하는 형보의 눈길!

그 눈치를 알아챈 초봉이는 계봉이가 아무 철 없이 어린애처럼 형보와 함부로 장난을 하고 농지거리를 하고 하는 것을 볼 때마다 사뭇 감수를 하게시리 가슴이 떨리곤 해서, 그래 근심이요 걱정이던 것이다.

계봉이가 마악 대뜰로 내려가려고 하는데 얼굴에다가 밥알을 대래대래 쥐어 바른 송희가 엄마를 밀어 젖히고,

"암마이!"

부르면서 께꾸─ 하듯이 내다보고 좋아한다. 송희는 계봉이를 무척 따른다.

"어이구, 우리 송흰가!"

계봉이는 수선을 피우면서 우르르 달려들어 두 팔을

쩌억 벌린다.

"……아, 이건 무어야! 점잖은 사람이! 밥알을 사뭇
……."

"암마이."

송희는 위로 두 개와 아래로 세 개가 뾰족하게 솟은
젖니를 하얗게 드러내면서 벙싯 웃고 계봉이한테 덤쑥
안긴다.

"애야, 저 새옷 모두 드렌다!"

형이 방색을 해도 계봉이는 상관 않고,

"괜찮어요, 괜찮어요!"

하면서 경중경중 우줄거린다.

"그치? 송희야?"

"응."

송희는 좋아라고 같이서 우줄우줄 뛰고, 계봉이는 쪽
쪽 입을 맞춰준다.

"그까짓 옷이 젤인가? 우리 송희가 젤이지. 그치?"

"응."

"그런데 엄만 괘앤히 시방 그러지?"

"응."

"하하하하, 이건 막둥인가? 대답만 응 응 그러게……."

"응."

송희가 계봉이를 잘 따르고 계봉이도 송희를 귀애할 뿐더러 끔찍 소중히 하는 줄을 초봉이는 진작부터 몰랐던 것은 아니나, 시방 저희 둘이서 재미나게 노는 양을 곰곰이 보고 있노라니까 어디선지 모르게 문득,

'내가 없데래도 너희끼리……'

이런 생각이 나던 것이다.

"얘, 계봉아?"

"으응?"

계봉이는 해뜩 돌아서서 형 앞으로 오고, 송희는 '암마이'가 시방 밖으로 나갈 참인 줄 알기 때문에 안고 나가 주지 않고 엄마한테 떼어 놀까 봐서 고개를 파묻고 달라붙는다.

"나 없어두 괜찮겠구나?"

초봉이는 속은 어떠한 감회로 용솟음이 쳐도 웃는 낯으로 지나는 말같이 묻는다.

"언니 없어두? 우리 송희 말이지?"

"응."

"그으럼!"

계봉이는 미처 형의 눈치를 못 알아채고서 연신 수선

을 피우느라고,

"……그치? 송희야?"

"응."

"엄마 없어두 아마이허구 맘마 먹구, 코 하구, 잉?"

"응."

"하하하아, 이거 봐요, 글쎄……."

계봉이는 좋아라고 웃고 돌아서다가, 아뿔싸! 속으로 혀를 찬다. 초봉이가 만족해 웃어도 형용할 수 없이 암담한 빛이 얼굴에 가득 가렸음을 보았던 것이다. 그것은 나는 인제 고만하고 죽어도 뒷근심은 없겠지, 이런 단념의 슬픈 안심이었었다.

"어이구 언니두!…… 누가 정말루 그랬나 머…… 우리 송희가 엄마가 없으믄 어떡허라구 그래!"

계봉이는 얼른 이렇게 둘러대면서 철이 없는 체 짐짓 송희와 장난을 친다.

"……그치? 송희야?"

"응."

"저어, 어디 놀러 가려믄 송희 데리구 같이 가예지?"

"응."

"이거 봐요!…… 그런데 괜히 엄마가 송흴 띠어 놓구

혼자만 창경원 갈 양으로 그러지? 응? 송희야?"

"응."

계봉이는 수선을 피우면서도, 일변 형의 기색을 살피느라고 애를 쓴다.

초봉이는 눈치 빠른 계봉이가 벌써 속을 알아차리고 황망하여 짐짓 저러거니 생각하면 동기간의 살뜰한 정이 새삼스럽게 가슴에 배어들어 눈가가 아리다.

쿠욱 캐액 가래를 들이켜고 내뱉고 하면서, 변소에 갔던 형보가 나오는 소리가 들린다.

이 형보가 막상 저렇게 멀쩡하게 살아 있음을 생각할 때 초봉이의 그 슬픈 안심은 그나마 여지없이 바스러지고 만다.

형보가 저렇게 살아 있는 이상, 가령 내가 죽고 없어진대야 죽은 나는 편할지 몰라도, 뒤에 남은 계봉이와 송희가 형보에게 환을 보게 될 테니 그건 내 고생을 애먼 그 애들한테다 전장시키는 것밖에 아무것도 아니다. 계봉이는 아이가 똑똑하기도 하고, 또 경우가 좀 다르기는 하니까 나같이 문문하게 형보의 손아귀에 옭혀들지 않는다고는 할지 모르지만, 형보란 위인이 엉뚱하게 음험하고 악독한 인간인 걸, 장차 어떻게 무슨 짓을 저지르라고 그 애들을 두어 두고서 죽음의 길로 피해 가다니 그건 무가내하로 안 될 말이다.

'그러니 나는 잘살기는 고사하고 죽자 해도 죽지도 못하는 인생인가!'

이렇게 생각하면 막막하여 절로 한숨이 터져 나온다.

"허어, 오늘은 어째 여왕님께서 이대지 넉장을……."

형보는 고의춤376)을 훑으려 잡고 마룻전에 댈롱 걸터앉으면서 계봉이한테 농을 건넨다.

"시종무관은 무얼 하구 있는 거야? 여왕님 거동에 신발두 참겨 놀 줄 모르구서……."

계봉이가 형보의 툭 불거진 곱사등에다 대고 의젓이 나무라는 것을 형보는 굽신 받아,

"네에, 거저 죽을 때라 그랬습니다, 꿍……."

하면서 저편께로 있는 계봉이의 굽 낮은 구두를 집어다가 디딤돌 위에 나란히 놓아 준다.

"……자아 인전 어서 신읍시구 어서 거동합시지요?"

"거동이나마나 시종무관이거들랑 구둘 좀 닦아 놓는 게 아니라 저건 무어람!"

---

376) 고의나 바지의 허리를 접어서 여민 사이.

"허어! 그건 죽여두 못 해!"

"그럼 담박 면직이다!"

"애야! 쓰잘디없이 지껄이지 말구 갈 디나 가거라! 괜히 씩둑꺽둑……."

초봉이가 이맛살을 찌푸리면서 음성을 모질게 동생더러 지천을 한다.

"내애 아, 온, 내. 여왕님을 이렇게 몰아셀 디가 있더람! 그치? 송희야."

"응."

"하하하하, 우리 송희가 젤이다!…… 아 글쎄 요것이……."

계봉이는 송희를 입을 쪼옥 맞춰 주고는 형한테다 내려놓는다. 송희는 안 떨어지려고 납작 달라붙다가 그래도 어거지로 떼어 놓으니까는 발버둥을 치면서 떼를 쓴다. 계봉이는 못 잊어서 돌려다보고 얼러 주고 달래 주고 하면서 겨우 대뜰로 내려선다.

"여왕님이 호사가 혼란하긴 한데 안 된 게 하나 있군?"

형보가 구두를 신는 계봉이를 토옹통한 다리와 퍼진 허리 밑을 눈으로 더듬고 있다가 한마디 뚱기는 소리다.

"구두가 낡었단 말이지요?"

"알어맞히니 그건 용해!"

"그렇지만 걱정 말아요. 그렇게 안타깝게 구두가 신구 싶으믄 아무 때구 양화부에 가서 한 켤레 집어 신으믄 고만이니⋯⋯."

"그리느니 내가 저기 일류 양화점에 가서 아주 썩 '모당'으루 한 켤레 마춰 주까?"

"흥! 시에미가 오래 살믄 머? 자수물통에 빠져 죽는다구?⋯⋯ 우리 아저씨 씨두 그런 소리가 나올 입이 있었나?"

계봉이는 형보더러 별로 아저씨라고 하는 법이 없고, 어쩌다가 비꼬아 줄 때나 씨자 하나를 더 붙여서 '아저씨씨'라고 한다.

계봉이가 아무리 그렇게 업신여기고 놀려 주고 해도 형보는, 그러나 그저 속없는 놈처럼 허허 웃고 그대로 받아 준다.

계봉이는 아무 때고 그저 어린 듯이, 철이 없는 듯이, 형보와 함부로 덤비고 시시덕거리고 장난을 하고 하기를 예사로 한다. 이것은 그를 형부(兄夫)로 대접한다거나 나이 어린 처제답게 허물없어하고 따르고 하는 정이거나 그런 것은 물론 아니고, 계봉이는 단지 동물원에 가서

곰이나 원숭이를 집적거려 주고 놀려 주고 하는 것과 마찬가지로 이 형용부터 괴물로 생긴 형보를 재미삼아 놀려먹고 장난을 하고 하던 것이다. 그를 지극히 경멸하며 속으로 반감을 품은 것은 물론이지만.

가령, 그새까지는 그다지 다니고 싶어 자발을 하던 기술 방면의 전문학교를 의학전문이고 약학전문이고 맘대로 다닐 기회를 만났으면서도, 또 그 목적으로다가 서울로 올라왔으면서도 그것을 아낌없이 밀어 내던지고서 백화점의 월급 삼십 원짜리 숍걸로 나선 것만 하더라도, 그 지경이 된 형을 뜯어먹고, 그따위 인간 형보에게 빌붙어서 공부를 하는 게 창피했기 때문이다.

"여보시우, 우리 여왕나리님⋯⋯."

형보가 다시 지분덕거리는 것을, 계봉이는 구두를 신으면서,

"여왕두 나린가? 무식한 백성 같으니라구!⋯⋯ 할 말 있거든 빨리 해요."

"그러지 말구, 내가 처제 구두 한 켤레 못 해줄 사람인가?⋯⋯ 이따가 글러루 갈 테니 같이 가서 썩 멋지게 한 켤레 마쳐 신어요."

"걱정 말래두! 내 일 내가 어련히 알어서 하까 뵈?"

"하아따! 괜헌 고집 쓰지 말구······ 내 이따가 아홉시 파할 때쯤 해서 가께, 잉?"

"어딜 와?······ 괜히 왔다만 봐라, 미친놈이라구 순살 안 불러 대나."

"흐흐, 거 재미있지! 구두 사준다구 순사 불러 대구······ 그래 어디 모처럼 유치장이나 하룻밤 구경할까?"

"괜히 빈말루 알구서?····· 와서 얼찐거리구 말이나 붙이구 해봐? 담박······."

계봉이는 쏘아 주면서 대문간으로 나가 버린다. 초봉이는 울고 떼쓰는 송희도 달랠 생각을 잊고서, 둘이서 수작하는 양을 우두커니 보고 있다가 한숨을 쉬고 돌아앉는다.

형보는 그렇게 처음부터 끝까지 배포 있이 쭌둑쭌둑하는데, 계봉이는 그 떡심을 받아 내다 못해 꼬장꼬장한 딴 성미를 부리고 마는 것이 그게 장차에 환을 볼 장본인 것만 같았다.

강강한 놈과 눅진거리는 두 놈이 마주 자꾸 부딪치면, 우선 보매는 강강한 놈이 이겨 내는 것 같지만, 그러는 동안에 속으로 곯아 필경 끝장에 가서는 작신 부지러지고, 그래서 눅진거리는 놈한테 잡치고 말 것이었었다.

초봉이는 그게 걱정이다. 그러니 이왕 그럴 테거든 계봉이도 그 발딱하는 성미를 부리지 말고서 차라리 마주 끝까지 떡심 있이 바워 내기나 했으면 한다.

구두를 사주마 하거든, 오냐 사다오, 말로라도 이렇게 받아넘기고, 백화점으로 찾아간다거든, 오냐 오너라, 우리 동무들한테 구경거리 한턱 쓰는 셈이니 기다릴게 제발 좀 오너라, 이렇게 받아넘기고 했으면, 그 당장 겉으로 보기에는 위태로워 조심스럽기는 하겠지만 그게 오히려 뒤가 든든할 것 같았다.

계봉이가 나가는 뒤태를, 입을 헤벌리고 앉아 멀거니 바라보던 형보는 이윽고 끙 하면서 고의춤을 움켜쥐고 안방으로 들어온다.

"히히, 히히, 참 좋게 생겼어, 히히."

초봉이는 그게 무슨 소린지 알아듣기는 했어도 짐짓 모르는 체 더 지껄이지 못하게 하느라고 식모를 불러들인다. 형보는 식모가 들어와서 밥자리를 훔치고 밥상을 들어내 가기가 바쁘게 털썩 초봉이 앞에 주저앉아,

"히히히……."

하고 그 웃음을 그대로 웃는다. 초봉이는 잔뜩 눈을 흘기다가,

"미쳤나! 이건 왜 이 모양새야? 꼴 보아 줄 수 없네!"

"히히, 조오탄 말야! 웅? 아주 아주……."

"무엇이 좋다구 시방 이 지랄이야?"

"꼬옥 잘 익은 수밀도야! 그렇지?"

"비껴나! 보기 싫은 게……."

"비어 물면 물이 주울줄 쏟아질 것 같구……."

형보는 싯 들여마시다가 침을 한 덤벙이 지르르 흘린다. 그놈을 손등으로 쓱 씻는 게 더 그럴듯하다.

"……흐벅진 게! 아이구 흐흐, 열아홉 살! 마침 조올 때지!"

"아, 네가 저엉 이러기냐?"

"헤에따! 무얼 다아…… 옛날에 요임금 같은 성현두 아황 여영 두 아우 형젤 데리구 살았다는데, 히히."

사납게 쏘아보고 있던 초봉이는 이를 악물면서 발끈 주먹을 쥐어 형보의 앙가슴을 미어지라고 내지른다.

"아이쿠!"

형보는 뒤로 나가동그라져 가슴을 우리다가 초봉이가 다시 달려들려고 벼르는 몸짓을 보고 대굴대굴 윗목으로 굴러 달아나서 오꼼 일어나 앉는다.

"헤헤헤헤."

형보는 그만 것에는 골을 내지 않는다.

초봉이는 무엇 집어던질 것을 찾느라고 휘휘 둘러본다.

"헤헤헤헤, 안 그래 안 그래."

"다시두 그따위 소릴 할 테야?"

"아니 안 그러께…… 히히."

"다시두 그따위 소릴 했다만 봐라! 죽여 버릴 테니……."

무심코 초봉이는 이 말을 씹어 뱉다가 제 말에 제가 혹해서 눈을 번쩍 뜬다.

죽일 생각이 나서 죽인다고 한 게 아닌데, 흔히 욕 끝에 나오는 소린데 막상 죽인다고 해놓고 들으니, 아닌게아니라 귀에 솔깃이 당기면서, 정말 죽여 버렸으면 싶은 생각이 솟아나던 것이다. 이것은 초봉이에게 대하여 일변 무서운, 그러나 퍽도 신기한 발견이었었다.

초봉이가 소피를 보러 가느라고 송희를 내려놓고 나가니까 아직도 떼가 덜 가라앉은 참이라 도로 와 하고 울음을 내놓는다.

"조 배라먹을 게, 또 빼액 운다!"

형보는 눈을 흘기면서 혀를 찬다. 초봉이가 없는 새라 제 맘대로 아이를 미워해도 좋았던 것이다.

"……에이 듣기 싫여! 조 배라먹을 것 잡아가는 귀신은 없나?"

형보는 아이한테다 주먹질을 하면서 눈을 부릅뜬다. 무서워서 울음을 그치라는 것인데, 아이는 겁을 내어 더 자지러지게 운다.

"……조게 꼭 에미년을 닮아서 소갈찌두 조 모양이야……."

형보는 휘휘 둘러보다가 마침 앞문 앞으로 내려다놓은 경대 위에 있는 빗솔을 집어서 아이한테 쥐어 준다.

"……옜다, 요거나 처먹구 재랄이나 해라, 배라먹을 것아!"

송희는 미식미식 울음을 그치고 형보를 말긋말긋 올려다보다가 손에 쥔 빗솔을 슬며시 입으로 가지고 간다.

칫솔 쓰던 것을, 빗을 치고 살쩍을 쓸고 해서 터럭 틈새기에 비듬이야 기름때야 머리터럭이야가 꼬작꼬작 들이끼었는데, 그놈을 입에다가 넣고 빨았으니 맛이 고약할 밖에.

송희는 오만상을 찌푸리면서도 그대로 입에 물고 야긋야긋 씹는다. 꼬장물이 시꺼멓게 넘쳐서 턱 아래로 질질 흘러내린다.

"……쌍통 묘오하다! 어이구 째원해라! 거저 빼액빽

울기나 좋아하구, 무엇이구 주둥아리에다가 틀어 넣기나 좋아하구, 그러면 다아 그런 맛두 보는 법이니라!"

형보는 제 말대로 속이 시원해서 연신 욕을 씹어 뱉는다.

"……맛이 고수하냐? 천하 배라먹을 것! 허천백이 삼신이더냐?…… 대체 조게 어느 놈의 종잘꾸? 웅?…… 뉘 놈의 종잘 생판 멕여 길르느라구 내가 요렇게 활활 화풀이두 못 하구 성활 먹는고? 기가 맥혀서, 내 원……."

욕을 먹을 줄 모르는 송희는 아무 상관 없이 저만 재미가 나서 그 찝질한 빗솔을 연신 씹고 논다.

"……조게 뒤어만 졌으면 내가 춤을 한바탕 덩실덩실 추겠구만서두…… 무어 소리 없이 흔적 없이 감쪽같이 멕여서 죽여 버릴 약은 없나?"

초봉이가 마루로 올라서는 기척을 듣고 형보는 시침을 뚜욱 떼고 외면을 한다.

"아ー니, 이 애가!"

초봉이는 방으로 들어서다가 질겁해서 빗솔을 와락 뺏어 들더니 형보를 잔뜩 노려본다. 송희는 싫다고 떼를 쓰고 방바닥에 가 나가동그라진다.

"……아이가 이런 걸 쥐어다가 빨아먹어두 못 본 체하구 있어?"

"뺏으면 또 울라구?"

"인정머리없는 녀석!"

"아냐, 아이들이라껀 그렇게 아무것이구 잘 먹어야 몸이 실한 법이야."

"듣기 싫여! 수언 도척이 같은 녀석아!"

"제기! 인전 자식이 성가신 게로군!······ 그렇거들랑 남이나 내줄 것이지, 저럴 일이 아닌데······."

"이 녀석아, 그게 내가 널더러 할 소리지 네가 할 소리더냐? 그 녀석이 술척스럽게 사람 여럿 굳히겠네!"

"괜히, 자식이 구찮을 양이면 아따, 염려 말게······ 내가 동냥하러 온 중놈의 바랑³⁷⁷⁾ 속에다가라두 집어넣어 주께시니."

"이 녀석아, 내가 네 속 모르는 줄 아느냐?····· 네 맘보짱이 어떤지 다아 알구 있단다····· 공중 나 안 놓칠려구 네 자식인 체하지? 흥! 소리 없이 죽여 버리구 싶어두 날 놓칠까 봐서 못 하지? 네 뱃속을 내가 모르는 줄 알구?"

"알긴 게 ×× 알아? 아마 자네두 아직두 뉘 자식인지

---

377) 승녀가 등에 지고 다니는 자루 모양의 큰 주머니.

똑똑히 모르니까는 자식이 원수 같은가 버이! 그렇지만 난 소중한 내 자식일세."

"얌체는 좋아!"

"세상에 모듬쇠 자식의 에미라껀 저래 못쓴다는 거야!"

"무엇이 어째?"

모듬쇠 자식의 어미란 소리에, 초봉이는 분이 있는 대로 복받쳐올라, 몸부림을 치면서 목청껏 외친다. 그러나 그 다음 말은 가슴에서 칵 막히고 숨길만 가쁘다. 어느결에 눈물이 촬촬 쏟아진다.

"이놈! 두구 보자!"

이것은 단순히 입에 붙은 엄포나 분한 끝에 발악만인 것이 아니라, 마침내 형보를 죽이겠다는 결심이 뚜렷이 가슴속에 들어차기 시작한 표적이요, 그 선고라고 할 수가 있던 것이다.

사실 초봉이는 송희나 계봉이는 말고서 저 하나만 놓고 보더라도, 자살이 아니면 저절로 밭아 죽었지 형보한테 끝끝내 배겨 낼 수가 없이 되고 만 형편이었었다.

초봉이는 작년 가을 형보와 같이 살기 시작한 그날부터서 마음의 안정과 평화를 잃어버린 것은 말할 것도 없거니와, 지칠 줄을 모르는 형보의 정력에 잡쳐 몸이 또한 말이 아니게 시들었다. 여느때 예삿일로 다투게 되면은, 형보는 기껏해야 빈정거리기나 하고 미운 소리나 하고 하지 웬만해서는 그저 바보처럼 지고 만다. 발길로 걷어채고 등감을 질리고 하는 것쯤 아주 심상히 여기고 달게 받는다. 낮의 형보는 그리하여 늙은 수캐처럼 만만하고 순하다.

그러나 만일 초봉이가, 드리없는 그의 '밤의 요구'에 단 한 번이라도 불응을 하고 보면, 단박 두 눈을 벌컥 뒤집어쓰고 성난 야수와 같이 날뛴다. 꼬집어 뜯고 물어 떼고 하는 건 예사요, 걸핏하면 옆에서 고이 자는 송희를 쥐어박지르고 잡아 내동댕이를 치곤 한다. 그래도 안 들으면 칼을 뽑아 들고 송희게로 초봉이게로 겨누면서 헤번덕거린다.

필경 초봉이는 지고 말아, 이를 갈면서도 항복을 한다.

이것은, 그런데 형보의 본디 성질만으로 그러던 것이 아니고, 따라서 처음부터 그러던 것도 아니고, 차라리 초봉이 제가 부지중 그런 버릇을 길러 준 것이라 할 수가 있었다.

초봉이는 맨 처음 형보와 더불어 밤을 같이 할 때부터

승강을 하고 표독스럽게 굴고 했었고, 한데 그놈을 억지로 굴복시키자니 형보는 자연 '사나운 수캐'가 되지 않을 수가 없었다.

초봉이는 물론 징그럽고 싫기도 했지만, 일변 그것을 형보한테 대한 앙갚음이거니 하고 우정 그러기도 했던 것인데, 그러나 그 결과가 어떠했느냐 하면 필경 초봉이 제 자신만 더 큰 해를 보고 만 것이다.

흉포스런 완력다짐 끝에 따르는 계집의 굴복, 그것에서 형보는 차차로 한 개의 독립한 흥분을 즐겼고, 그것이 쌓여서 미구에는 일종의 사디즘이 되어 버렸던 것이다.

아무튼 그래서, 초봉이는 절망이 마음을 잡쳐 놓듯이 건강도 또한 말할 수 없이 쇠해졌다.

병 주고 약 주더란 푼수로, 형보는 간유 등속에 강장제하며 한약으로도 좋다는 보제는 골고루 지어다가 제 손수 달여서 먹이고 하기는 해도 종시 초봉이의 피로와 쇠약을 막아 내지는 못했다.

불과 반년 남짓한 동안이나 초봉이는 아주 볼썽이 없이 바스러졌다. 볼은 깎아 낸 듯 홀쭉하니 그늘이 지고, 눈가로는 푸른 테가 드러났다. 살결은 기름기가 밭고 탄력이 빠져서 낡은 양피(羊皮)378)같이 시들부들 버슬버슬

해졌다. 사지에 맥이 없이 노곤한 게 밤이고 낮이고 눌 자리만 뵌다.

이렇게 생명이 생리적으로도 좀먹어 들어가는 줄을 초봉이는 저도 잘 알고 있으면서, 그러나 어찌할 바를 몰랐다.

하다가 못 할 값에 형보의 손아귀에서 벗어나도록 부스대 볼 생각은 아예 먹지도 않는다. 근거도 없는 단념을, 돌이켜 캐보려고는 않고 운명이거니 하고서 내던져 두던 것이다.

작년 겨울 그날 밤에 형보더러 두고 보자고 무슨 큰 앙갚음이나 할 듯이 옹글진 소리를 하기는 했지만, 그것도 그 소리를 하던 그 당장에 벌써 별수없거니 하고 단념부터 했었은즉 말할 것도 없다.

결국은 두루 절망뿐이다. 절망 가운데서 빤히 내다보이는 얼마 안 남은 목숨을 지탱하고 있기는 괴롭고 지리했다. 그러니 차라리 일찌감치 죽어 버리고나 싶었다. 죽어만 버리면 만사가 다 편할 것이었었다.

그러나 그러면서도 와락 죽지 못한 것은 송희 때문이

---

378) 양의 가죽.

다. 소중한 송희를 혼자 두고 나만 편하자고 죽어 버리다니 안 될 말인 것이다.

그래 막막하여 어쩔 바를 몰랐는데, 계제에 문득 동생 계봉이에게다 송희를 맡기면 내나 다름없이 잘 가축하여 기르겠거니, 따라서 나는 마음을 놓고 죽을 수가 있겠거니 하는 '슬픈 안심'을 해보았던 것이다. 그러나 그것도 순간이요, 형보가 멀쩡하게 살아 있는 이상 역시 못 할 노릇이라고 그 '슬픈 안심'조차 단념을 할 수밖에 없었다.

그러자 거기서 또 마침 한 줄기의 희망은 뻗치어, 형보를 죽이고서, (죽여 버리고서) 내가 죽으면 후환도 없으려니와 나도 편안하리라는 '만족한 계획'이 얻어졌던 것이다. 물론 형보를 죽인다면야 제가 죽자던 이유가 절로 소멸되는 것이니까, 가령 형벌을 받는다든지 도망을 간다든지 이러기로 생각을 돌리는 게 당연한 조리겠지만, 그러나 초봉이는 그처럼 둘러 생각을 할 줄은 모른다. 그저 기왕 죽는 길이니 후환마저 없으라고, 형보를 죽이고서 죽는다는 것뿐이다.

형보는 그리하여, 잠자코 있어도 초봉이의 손에 죽을 신순데, 게다가 입을 모질게 놀려 분까지 돋우어 주었으니, 만약 오늘이라도 어떠한 거조가 난다면 그건 제가

지레 명을 재촉한 노릇이라 하겠다.

××백화점 맨 아래층의 화장품 매장이다.

위와 안팎이 환히 들여다보이는 유리 진열장을 뒤쪽 한편만 벽을 의지삼고 좌우와 앞으로 빙 둘러 쌓아 놓은 게 우선 시원하고 정갈스러워 눈에 선뜻 뜨인다.

진열장 속과 위로는, 형상이 모두 각각이요 색채가 아롱이다롱이기는 하지만 제각기 용기(容器)의 본새랄지 곽의 의장(意匠)이랄지가, 어느것 할 것 없이 섬세하고 아담한 게 여자의 감각을 곧잘 모방한 화장품들이 좀 칙칙하다 하리만큼 그득 들이 쌓였다.

두 평은 됨직한 진열장 둘레 안에는 그들이 팔고 있는 화장품 못지않게 맵시 말숙말숙한 숍걸이 넷, 모두 그 또래 그 또래들이다.

계봉이가 있고, 얼굴 둥그스름하니 예쁘장스럽게 생긴 싱글로 깎아올린 단발쟁이가 있고, 코가 오뚝하니 눈도 오꼼 입도 오꼼한 오꼼이가 있고, 얇디얇은 얼굴에다가 주근깨를 과히 발라 놓은 레지가 찰그랑거리고 앉았고…….

이 가운데 양복 끼끗하게 입고 얼굴 거무테테 함부로

우툴두툴한 사내꼭지가 한 놈, 감히 들어앉아 있음은 매우 참월하다 하겠다. 그러나 남은 화초밭의 괴석이라고 시새움에 밉게 보는지는 몰라도, 당자는 검인(檢印)의 스탬프를 손에 쥐고, 물건 싸개지의 봉인딱지에다가 주임이라는 제 권위를 꾸욱꾹 찍느라 버티고 있는 맥이다.

아침 아홉시가 조금 지났고, 문을 방금 연 참이라 손님이라고는 뒷짐지고 이리 끼웃 저리 어릿, 구경 온 시골 사람 몇이지 헤성헤성하다.

약속한 건 아니지만 손님이 없으니까 모두 레지 앞으로 모여 선다.

"계봉이 이따가 키네마 안 갈늬?"

영화를 아직까지는 연애보다도 더 좋다고 주장하는 오꼼이가 계봉이를 꾀던 것이다.

"글쎄…… 썩 좋은 거라믄……."

계봉이는 싫지도 않지만 내키지도 않아서 그쯤 대답을 하는데 오꼼이가 무어라고 말을 하려고 하는 것을 레지의 주근깨가 냉큼 내달아,

"저 계집앤 영화라믄 왜 저렇게 죽구 못살까?"
하고 미운 소리를 한다.

"남 참견은! 이년아, 누가 너처럼 밤낮 괴타분하게 소

설만 읽구 있더냐?"

"흥! 소설 읽는 취미를 갖는 건 버젓한 교양이란다!"

"헌데 좀 저급해!"

계봉이가 도로 나서서 주근깨를 찝쩍이던 것이다.

"어째서 이년아, 소설 읽는 게 저급하더냐?"

"소설 읽는 게 저급하다나? 이 사람 오핼세!"

"그럼 무엇이 저급하니?"

"읽는 소설이……."

"어쩌니 내가 읽는 소설이 저급하니?"

"국지관이 소설이 저급하잖구? 『×××』이 저급하잖구?…… 그런 것두 예술 축에 끼나?"

"예술은 다아 무엇 말라비틀어진 게야? 소설이믄 거저 소설이지……."

"하하하하, 옳아, 네 말이 옳다. 그래도 『추월색』379)이나 『유충렬전』380)을 안 읽으니 그건 신통하다!"

"저년이 버르쟁이381) 없이, 사람 막 놀려!"

---

379) 최찬식에 의해 쓰여진 신소설로, 1912년 회동서관(匯東書館)에서 간행하였다. 1900년대 초기 개화된 젊은이들의 애정을 우리나라를 비롯하여 일본, 만주, 영국까지 확대된 무대 안에 전개시킨 전형적인 애정 신소설이다.

380) 전주 지역에서 방각본이라는 형식의 고전소설 책으로 작자와 연대 미상이다. '영웅의 일생'이라는 서사 구조를 가장 잘 완비한 우리나라 대표적인 영웅소설이다.

"그게 신통해서, 네 교양 점수 육십 점은 주마, 낙제나 면하라구, 응?…… 그리구 너는……."

계봉이는 오꼼이를 손으로 찔벅거리면서 남자 어른들 음성을 흉내내어,

"……거 아무리 근대적 감각을 향락하기 위해서 그런다구 하더래두 계집아이가 영활 너무 보러 다니며는 뒤통수에 불자(不字)가 붙는 법이다, 응? 알았어? 불량소녀…….."

"걱정을 말아, 이 계집애야!"

"요놈!"

꺅 지르는 소리가 무심결에 너무 커서 주임이 주의하라는 뜻으로 빙긋 웃으니까 계봉이는 돌아서서 입을 막는다. 오꼼이와 주근깨가 째웟한 김에 재그르르 웃는다.

"무얼들 그래?"

물건을 파느라고 이야기 참례를 못 했던 단발쟁이가 이리로 오면서, 혹시 제가 웃음거리가 된 것인가 하고, 뚜렛뚜렛한다.

"그리구 참, 넌 무어냐?"

---

381) '버르장이(버릇을 구어적으로 이르는 말)'의 방언(충남, 평북, 함남, 경상).

계봉이가 또 나서서 단발쟁이의 팔을 잡아 끈다.

"무어라니?"

"저 애들 둘은, 하난 문학소녀구, 또 하난 영화광이구, 그런데 넌 무어냔 말이다?…… 연애? 그렇지?"

"내 온!…… 넌 무어냐?…… 너버틈 말해 봐라!"

"그래 그래."

"옳아, 제가 먼점 말해예지."

오꼼이와 주근깨가 한꺼번에 들고 나서고, 단발쟁이가 계봉이를 붙잡으면서 따진다.

"네가 옳게 연애하지?…… 연애편지가 마구 쏟아지구……."

"여드름바가지가 있구……."

"소장변호사 영감 계시구……."

"하쿠라이 귀공자가 있구……."

"대답해라!"

"그 중 누구냐?"

"아무튼 연애파는 연애파 갈데없지?"

오꼼이와 주근깨와 단발쟁이가 서로가람 계봉이를 말 대답도 못 하게 몰아 대는 것이다.

"여드름바가지가 오늘두 하마 올 시간인데……."

"소장변호사 영감께선 그새 또 몇 장이나 왔디?"

"하하, 편지 첫끝에다가 연애법 제 몇 조라군 안 썼던?"

"가만있어, 내 말을 들어……."

계봉이는 겨우 손을 저어 제지를 시켜 놓고는,

"……난 피해자야, 피해자……."

모두 무슨 소린지 못 알아듣고 뚜렛뚜렛한다. 계봉이는 다시 남자 어른 목소리로,

"땅 진 날 밖엘 나오지 않느냐? 자동차가 옆으루 지나가질 않았느냐? 흙탕물을 끼얹질 않았느냐? 옷에 흙탕물이 묻었겠다?…… 그와 마찬가지루 헴 헴, 여드름바가지나 변호사나리나 하쿠라이 귀공자나 그 축들이 어쩌구 어쩌구 해서 내가 제군들한테 연애파라구 중상을 받는 것두 즉 말하면 그런 피해란 말야, 응?…… 나는 아무 상관두 없는데 자동차가 흙탕물을 끼얹어 옷을 버려 준 것처럼, 그게 모두 여드름바가지니 변호사니 하쿠라이 귀공자니 하는 것들이 무어냐 하면은, 땅 진 날 남의 새 옷에다가 흙탕물을 끼얹고 달아나는 '처벌할 수 없는' 깽들이란 말이야. 그러니깐 제군들두 조심을 해! 잘못하면 약간 흙탕물이 아니라, 바루 바퀴에 치여서 죽거나 병신이 되거나 하기 쉬우니깐…… 알아들어? 아는 사람

손들엇!”

계봉이 저까지 해서 모두 재그르르 웃는다. 주임도 무어라고 간섭을 못 하고서 히죽히죽 웃는다.

“그럼 대체 넌 무엇이냐?…… 말을 그렇게 능청맞게 잘하니, 약장수냐?”

“구세군 전도빠?”

“무성영화 변사?”

“나? 난 본시 행동파시다, 행동파…….”

“행동파라니?”

계봉이의 말에 주근깨가 먼저 따들고 나선다.

“행동파 몰라? 사람이 행동하는 거 몰라? 소설은 많이 읽어서 현대적인 체하믄서두 깜깜하구나!”

“아, 이년아, 그럼 누군 행동하잖구서 밤낮 우두커니 앉았기만 한다더냐?”

“이 사람, 행동이라니깐 머, 밥 먹구 더블유시 다니구 하품하구 그런 행동인 줄 아나?”

“그럼 그건 행동 아니구 지랄이더냐?”

“그런 건 개나 도야지나 그런 짐승들두 할 줄 안다네.”

마침 주임이 계봉이의 전화를 받아서 넘겨 준다. 계봉이는 전화통에 입을 대면서 바로,

"언니우?"

한다. 어쩌다가 형 초봉이가 전화를 거는 외에는 통히 전화라고는 오는 데가 없기 때문에 계봉이는 언제고 그러던 것이다.

그런데 오늘은 뜻밖에,

"나야, 나……."

하면서 우렁우렁한 사내의 음성이 들려 왔다.

승재가 전화를 걸던 것인데, 계봉이는 승재와는 전화가 처음이라 목소리를 언뜻 분간하지 못했었다.

"나라니, 내가 누구예요?"

"남서방이야!"

"아이머니!…… 난 누구란다구!"

계봉이는 깜짝 반가워서 주위를 꺼리지 않고 반색을 한다. 등뒤에서는 오꼼이 주근깨 단발쟁이가 서로 치어다보고 웃으면서 눈짓을 한다.

"……언제 왔수?"

"오긴 그저께 아침에 당도했는데……."

"그러구서 여태 시침을 뚜욱 따구 있었어? 내, 온!"

"미안허우. 좀 어수선해서…… 그런데 내가 글러루 찾아가두 좋겠지만……."

"아냐, 내가 가께. 어디? 아현?"

"응 저어……."

승재는 마포로 가는 전차를 타고 오다가 아현고개 정류장에서 내려서 신촌 나가는 길로 한참 오노라면 바른편 길 옆으로 낡은 이층집이 있고 '아현실비의원'이라는 간판이 붙었다고 노순을 자세하게 가르쳐 준다.

여섯시 반이나 일곱시까지 대가마고 하고서 전화를 끊고 돌아서는데 마침 대기하고 섰던 세 동무가 일제히 공격을 한다.

"또 하나 생겼구나?"

"누구냐?"

"그건 자동차 아니냐? 흙탕물 끼얹는……."

마지막의 단발쟁이의 말에 모두 자지러져 웃고, 계봉이도 같이서 웃는다.

스무 살 안팎의 한참 피어나는 계집아이들이 넷이나 한데 모여 재깔거리고, 그러다가는 탄력 있는 웃음이 대그르르 맑게 구르고, 침침해도 명랑하기란 바깥에 가득 내리는 오월의 햇빛과도 바꾸지 않겠다.

이윽고 웃음이 그치자 여럿은 계봉이를 다시 몰아 댄다.

"얘 이년아, 그러구서두 입때 시침을 따구 있어?"

"누구냐? 대라!"

"저년이 뚱딴지 같은 년이 의뭉해서……."

"그게 행동파가 하는 짓이냐?"

"개나 도야지두 연애를 하기는 한다더라?"

"웃구 섰지만 말구서 바른 대루 대라!"

"인전 제가 할 말이 있어야지!"

"아니 여보게들……."

공격이 너끔한 틈에 계봉이는 비로소 말대꾸를 하고 나선다.

"……대체 그 사람이 누군 줄 알구서 그러나?"

"누군 무얼 누구야? 네년의 리베지."

주근깨가 윽박질러 주는 말이다.

"리베?"

"그럼!"

"우리 산지기다, 헴……."

또 모두들 허리를 잡고 웃는다.

"대체 어떻게 생긴 동물이냐? 구경이나 한번 시키렴?"

단발쟁이가 웃음엣말같이 하기는 해도 퍽 궁금한 눈치다.

"구경했다간 느이들 뒤로 벌떡 나가동그라진다!"

"그렇게 잘났니?"

"아─니, 안팎이 모두 고색이 창연해서."

"망할 계집애! 누가 그게 그리 대단해서 태클할까 봐?"

"너 가질늬?"

"일없어!"

"행동파 연앤 다르구나? 리베를 키네마 입장권 한 장 선사하듯 동무한테 내주구…… 그게 행동파 특색이냐?"

오꼼이가 그것도 영화에 껴른 버릇이라 비유를 한다는 게 역시 거기 근리한 말을 쓴다.

"지당한 말일세! 궐씨(厥氏)가 너무 행동이 낡구두 분명치가 못해서……."

"그럼 그 사람이 사람이 아니구서 네 말대루 하믄 그치가 도야진가 보구나?"

"가깝지!"

"저년 보게!…… 내 인제 일를걸?"

"파쇼라두 좋구 또 하다못해 너처럼 영광이래두, 아무튼 현대적 호흡이 통한 행동이 있어야 말이지! 거저 법이나 먹구, 매달려서 로보트처럼 일이나 허구, 생식(生殖)이나 허구, 그리군 혹시 한다는 게 고색이 창연한 짓이나 하구 있구……."

"어느 회사 사무원인 게루구나?"

"명색이 의사라네!"

"하주! 여드름바가지나 변호사나 하쿠라이 귀공잘 눈두 안 떠볼 만하구나!"

"얘들아! 호랭이두 제 말 하믄 온다더니, 왔다 왔다, 저기……."

주근깨가 뗑기는 소리에 모두 문간을 돌려다본다. 아닌게아니라 여드름바가지가 어릿어릿 이편으로 걸어오고 있다.

얼굴에 여드름이 다닥다닥 솟았대서 생긴 별명이다. 모표를 보면 ××고보 학생인데 학교 갈 시간에 백화점으로 연애(?)를 하러 오는 걸 보면 온전치 못한 것은 분명하다.

나이는 다직해야 열아홉 아니면 그 아래다. 어린애 푼수다.

그는 지나간 삼월에 '아몬 파파야'를 한번 사가더니 그날부터 아침 아홉시 반을 정각삼아 이내 일참을 해 내려왔다. 그것도 처음에는 그런 줄 저런 줄 몰랐다가 얼마 후에야 단발쟁이가 비로소 발견을 했었고, 다시 며칠이 지나서는 계봉이가 과녁인 것까지 드러났다.

그는 화장품 매장 앞에 서서 얼찐거리다가 계봉이가 대응을 해주면 무엇이고 한 가지 사가지고 가되, 혹시 다른 여자가 나서면 이것저것 뒤지다가는 그냥 돌아서 버리곤 하던 것이다. 그래 그 눈치를 안 뒤로부터는 다른 여자들은 우정 피하고서 계봉이한테다가 민다.

계봉이는 역시 마다고 않고 처억척 대응을 하면서 (대응이라야 물론 지극히 간단한 것이지만) 슬금슬금 구슬려 주곤 하기도 한다. 그 덕에 여드름바가지는 화장품 매장에다가 적지 않은 심심파적과 이야깃거리를 매일같이 끼쳐 주던 것이다.

"어서 오십시오!"

계봉이는 웃던 끝이라 얌전을 내느라고 한참 만에 진열장 앞으로 다가가면서 여점원답게 상냥하게 마중을 한다.

여드름바가지는 아까 들어올 때 벌써 반은 붉었던 얼굴을 드디어 완전히 빨갛게 달궈 가지고 힐끔 계봉이를 올려다보더니 이내 도로 숙인다. 여기까지는 그새와 같고 아무 이상이 없다. 그 다음 그는 양복 포켓 속에다가 한 손을 넣고서 이상스럽게 전보다 더 어물어물한다.

이윽고 포켓에 손을 꿴 채 어릿어릿하면서, 진열장 속

을 들여다보면서, 천천히 돌아가기 시작한다. 계봉이는 그가 돌아가는 대로 안에서 따라 돌고 있고, 나머지 세 여자는 대체 오늘은 무엇을 사는가 재미삼아 기다린다.

여드름바가지는 이 귀퉁이에서 저 귀퉁이까지 한 바퀴를 다 돌고 나더니 되짚어 가운데께로 올 듯하다가 말고서 손가락으로 진열장 유리 위를 짚어 보인다. 으레 입 대신 손가락질을 하는 게 맨 첨 오던 날부터 하던 버릇이다.

계봉이가, 그가 짚는 대로 들여다보니, 이십오 원이나 받는 '코티'의 향수다.

계봉이는 이 도련님 아무거나 되는 대로 짚은 것이 멋몰랐습니다고 우스워 죽겠는 것을 참아 가면서 향수를 꺼내 준다.

여드름바가지는 바르르 떨리는 손으로 물건을 받아 들고 한참 서서 레테르를 읽는 체하다가 계봉이를 치어다본다. 이건 값이 얼마냔 뜻이다.

"이십오 원입니다."

여드름바가지는 움칫하더니 그래도 부스럭부스럭 십 원짜리 석 장을 꺼내어 향수병에다가 얹어 내민다. 언제든지 십 전짜리 비누 한 개를 사도 빳빳한 십 원짜리만 내놓는 터라 그놈이 석 장이 나왔다고 의아할 것은 없다.

"고맙습니다!"

계봉이는 향수와 돈을 받아 들고 레지로 오면서 눈을 찌긋째긋한다. 동무들 모두 웃고 싶어서 입이 옴츠러진다.

계봉이는 향수를 제 곽에 담고 싸고 해서 검인을 맡아 주근께가 주는 거스름돈과 표를 얹어다가 내주면서,

"고맙습니다!"

하고 한번 더 고개를 까딱한다.

여드름바가지는 먼저보다 더 떨리는 손을 내밀어 덥석 받아 들고 이내 돌아선다.

"안녕히 가십시오!"

계봉이는 등뒤에다가 인사를 하면서 동무들한테 웃음이 터져 나오려는 얼굴을 돌린다.

그러자 마침 단발쟁이가 기다렸던 듯이 오르르 달려오더니 여드름바가지가 서서 있던 진열장 위로 또 한층 올려논 진열대 밑에서 조그마해도 볼록한 꽃봉투 하나를 쑥 뽑아 들고 돌아선다. 나머지 두 여자는 손뼉이라도 칠 체세다.

계봉이는 그것이 여드름바가지가 저한테 주는 양으로 거기다가 놓고 간 편진 줄은 생각할 것도 없이 대번 알아

챘다.

와락, 단발쟁이의 손에서 편지를 뺏어 쥔 계봉이는 이어 몸을 돌이키면서 여드름바가지를 찾는다.

"여보세요? 여보세요, 학생?"

부르는 소리에 방금 댓 걸음밖에 안 간 여드름바가지는 흠칠 하고 그대로 멈춰 선다.

"학생, 날 좀 보세요!"

보란다고 정말 보기만 하라는 것은 아니겠지만, 여드름바가지는 겨우 몸을 돌리고 서서 어릿어릿한다.

"일러루 좀 오세요?"

계봉이는 아무렇지도 않게 천연덕스런 얼굴로 손을 까분다. 여드름바가지는 비실비실 진열장 앞으로 가까이 와서 고개를 숙이고 선다.

"이 편지 우체통에다가 넣어 디리까요?"

계봉이는 뒤로 감추어 가지고 있던 편지를 내밀어 보인다. 앞뒤에 아무것도 쓰이지 않은 것을 계봉이도 비로소 보았다.

여드름바가지는 학교에서 선생님께 꾸지람을 들을 때처럼 두 발을 모으고 고개를 깊이 떨어뜨리고 서서 꼼짝도 않는다. 두 귀밑때기가 유난히 더 새빨갛다.

"우표딱지야 한 장 빌려 디려두 좋지만, 주소두 안 쓰구 성명두 없구 그래서요……."

계봉이는 한 팔을 진열장 위에다 짚어 오도카니 턱을 괴고 편지를 앞뒤로 되작되작 이상하담 하듯 한다. 등뒤에서는 동무들이 터져 나오는 웃음을 삼키느라고 킥킥거린다. 마침 딴 손님이 없고 조용한 때기에망정이지 큰 구경거리가 생길 뻔했다.

"자아, 이거 갖다가 주소 성명 잘 쓰구, 우표딱진 사서 요기다가 똑바루 붙이구, 그래 가지구서 우체통에다가 자알 집어넣으세요, 네?"

여드름바가지는 편지를 주는 줄 알고 손을 쳐들다가 오믈뜨린다.

"아, 이런 데다가 내버리구 가시믄 편지가 마요이코가 돼서 저 혼자 울잖어요?"

이번에는 편지를 내밀어 주어도 모르고 섰다.

"자요, 이거 가지구 가세요."

코앞에다가 바싹 들여대 주니까 채듯 받아 움크려 쥐고 씽하니 달아나 버린다.

맘껏 소리를 내어 대굴대굴 굴러 가면서라도 웃을 것을 차마 조심들을 하느라 모두 애를 쓴다.

17. 노동(老童) '훈련일기(訓戀日記)'

종일 마음이 들떴던 계봉이는 여섯시가 되자 주임을 엎어 삶아서 쉽사리 수유를 타가지고 이내 백화점을 나섰다. 시방 가면 아무래도 제 시간까지 돌아오게 되지는 못할 테라고 지레 시간이 새로워서, 그러자니 형 초봉이가 걱정하고 기다릴 것이 민망은 했으나 집에 잠깐 들렀다가 도로 나오기보다 승재게를 갈 마음이 더 급했다.

승재가 일러준 대로 짐작대고 간 것이 미상불 수월하게 찾아낼 수가 있었다.

계봉이는 급한 마음을 누르는 재미에 집을 둘러보고 하면서 우정 천천히 서둔다.

명색 병원이라면서 생철지붕에다가 낡은 목제 이층인 것이 계봉이가 생각하던 병원의 위풍과 아주 딴판이고, 우선 집 생김새부터 궁상이 질질 흘렀다. 그러나 막상 당하여 보고서 예상 어그러진 것이 섭섭하기보다도, 여느 혼란스런 병원집이 아니요, 역시 승재 그 사람인 듯이 이런 낡고 빈약한 집이던 것이 그의 체취가 스미는 것 같아 오히려 정답고 구수했다.

'십오일부터 병을 보아 드립니다.'

대단 장황스런 설명을, 분명 승재의 필적으로 굵다랗게 양지에다가 써서 붙인 것을 계봉이는 곰곰이 바라보면서 승재다운 곰상이라고 혼자 미소를 했다.

사개 틀린 유리 밀창을 드르릉 열기가 바쁘게 클로로냄새가 함뿍 풍기는 게, 겨우 그래도 병원인가 싶었다. 현관 안에 들어서니 바로 왼쪽으로 변죽 달린 반창이 있고 그 앞에다가 '진찰 무료'라고 쓴 목패를 비스듬히 세워 놓았다. 거기가 수부(受付)다.

복도 하나가 짤막하게 뻗어 들어가다가 그 끝은 좁다란 충계를 타고 이층으로 올라갔다. 복도 중간께로 바른편에 가서 간유리창이 닫혔고 그 위에는 '진찰실'이라고 거기 역시 아직 먹자국이 싱싱한 팻조각이 가로로 붙었다.

겉은 하잘것없어도 내부는 둘러볼수록 페인트며 벽의 양회며 바닥의 양탄자며 모두 새것이고 깨끔했다.

아무 인기척이 없고 괴괴했다. 수부의 창구멍을 똑똑 쳐보아도 대응이 없다.

무어라고 찾아야 할까 싶어서 망설이고 섰는데 진찰실의 문이 야단스럽게 열리더니 고개 하나가 나온다. 승재다.

계봉이가 온 것을 본 승재는 히죽 얼굴을 흐트리고,

"으응! 왔구먼!"

하면서 이 사람으로서는 격에 맞지 않게 급히 달려나온다. 마음이 다뿍 죄었던 판이라 반가움에 겨워, 저도 모르게 그래졌던 것이겠다.

승재는 맞닥뜨리 싶게 계봉이게로 바로 달려들더니 쭈적 멈춰 서서는 그 다음에는 어쩔 바를 몰라하다가 요행 계봉이가 내밀어 주는 손을 덥쑥 잡는다.

둘이는 다 같이 정열이 가슴속에서 용솟음쳐 두근거리는 채 눈과 눈이 서로 맞는다. 말은 없고, 또 필요치도 않다. 숨소리만 높다.

이윽고 더 참지 못한 계봉이가 상큼 마룻전으로 올라서면서 승재의 가슴을 안고 안겨 든다. 그것이 봄의 암사슴같이 발랄한 몸짓이라면 마주 덥쑥 어깨를 그러안고 지그시 죄는 승재는 우직한 곰이라 하겠다.

드디어, 그러나 곧 두 입술과 입술은 빈틈도 없이 맞닿는다.

심장과 심장으로부터 야생의 말과 같이 거칠게 뛰고 솟치던 정열은, 그리하여 흐를 바를 찾음으로써 순간에 포근히 순화(醇化)가 된다.

병아리는 알에서 까놓으면 바로 모이를 쫄 줄 안다.

미리서 배운 것은 아니다.

승재 같은 숫보기 무대가 다들리면 포옹을 할 줄 알고 키스를 할 줄 아는 것도 언제 구경인들 했을까마는, 그러니 알에서 갓 나온 병아리가 이내 모이를 쪼아 먹는 재주와 다름이 없는 그런 재줄 게다.

안에는 물론 저희 둘 외에 아무도 없으니까 단출해서 좋다 하겠지만, 혹시 밖에서 누가 문이나 드르릉 열고 들어서든지 했으면 피차 무색할 노릇이다. 하기야 계봉이의 모친 유씨가 이것을 목도했다면 대단히 만족을 했을 것이다. 병원이라는 게 어찌 꼬락서니가 이러냐고 장히 못마땅해서 이맛살을 찌푸리기는 했겠지만…….

그리고 또 초봉이가 보았더라도 기뻐했을 것이다. 가령 그 둘이 모르게 돌아서서 저 혼자 눈물을 흘릴 값에, 동생 계봉이가 승재 그 사람을 사랑하게 된 것을, 또 승재 그 사람이 동생 계봉이를 사랑하게 된 것을 진정으로 기뻐하지 않질 못했을 것이고, 부랴부랴 서둘러서 결혼 예식을 치르도록 두루 마련도 했을 것이다.

암만해도 계집아이란 다른 겐지, 계봉이는 모로 비스듬히 외면을 하고 서서 저고리 고름을 야긋야긋 씹는다. 귀밑때기가 아직도 알아보게 붉다. 오히려 사내꼭지라서 승재가 부끄럼을 타지 않는다.

"절러루 들어가지? 웅?"

"몰랏!"

"저거."

승재는 신발장 안에 새로 그득히 사둔 끌신을 한 켤레 꺼내다가 계봉이 앞에 놓아 주고서 어깨를 가만히 짚는다.

"자아, 구두 벗구 이거 신구서……."

"몰라 몰라! 난 갈래."

"저거! 누가 메랬나?"

"해해해."

계봉이는 구두를 마룻바닥에다가 훌렁훌렁 벗어 내던지고 끌신을 꿰는 둥 마는 둥, 쪼루루 복도를 달려 진찰실 앞에 가 서더니 해뜩 돌려다보면서,

"여기?"

한다.

"웅."

궁상맞게 눈을 끔쩍 고개를 꾸뻑, 그렇다고 대답을 하면서 승재는 계봉이가 야단스럽게 벗어 내던진 구두를 집어 한편으로 가지런히 놓는다.

계봉이는 진찰실로 들어서다가 천천히 따라오고 있는

승재를 또 해뜩 돌려다보더니 문을 타악 닫아 버린다. 승재가 문을 열래도 안에서 계봉이가 꼭 잡고 안 놓는다.

"문 열어요, 잉? 나두 들어가게……."

"안 돼, 못 들온다누!"

"거 야단났게? 그럼 어떡허나?"

"잘못했다구 그래예지."

"잘못?"

"응."

"무얼 잘못했나?"

"저어……."

"응."

"저어, 몰라 몰라!"

"저거! 그럼 자, 잘못했−습−니−다−"

"하하하하아!"

승재는 문이 열리는 대로 진찰실 안으로 들어선다.

너댓 평이나 됨직한 방인데, 차리기는 다 제대로 차려 놓았다.

검정 양탄자를 덮은 진찰 침대, 책장, 기구장, 치료탁, 문서탁, 세면대, 가스 다 제자리에 놓이고, 아직 손도 대지 않은 새것들이다.

계봉이는 문서탁 앞에 의사 몫으로 놓인 회전의자에 걸터앉아 두 발을 대롱대롱한다. 승재는 멀찍이 있는 걸상을 끌고 와서 탁자 모서리로 계봉이 옆에 다가앉는다.

둘이는 서로 말끄러미 들여다본다. 무엇이 우스운지는 제 자신들도 모르면서 자꾸 싱긋벙긋 웃는다.

"그래……."

"응!"

둘이는 아무 뜻도 없는 말을 이윽고 한마디씩 하고 나서는 또 마주보고 웃는다.

"보지 말아요! 자꾸만……."

저도 보면서 계봉이는 이쁜 지천을 한다.

"보믄 못쓰나?"

"응."

"거 야단났게?…… 헤."

"하하아!"

"좀 점잖어진 줄 알았더니 입때두 장난꾸레기루구면?"

"몰랏!"

"인전 죄꼼 점잖어야지?"

"왜?"

"어룬이 될 테니깐……."

"어룬이?"

"응, 오늘 절반은 됐구……."

"하하하…… 그리구?"

"그리구 인제, 응?"

"응."

"그리구 인제, 우리 저어……."

더듬으면서 승재는 탁자 위에서 철필대를 가지고 노는 계봉이의 손을 꼬옥 덮어 쥔다.

"……인제 결혼하믄, 헤에……."

"겨얼혼?"

말을 그대로 받아 되뇌면서 잡힌 손을 슬며시 잡아당기는 계봉이의 얼굴은 더 장난꾸러기같이 빈들빈들하기는 해도 결코 장난이 아닌 만만찮은 기색이 완연히 드러난다.

"……누가 결혼한댔수?"

승재의 눈 끄먹거리는 얼굴을 빠아꼼 들여다보고 있다가 지성으로 묻는 것이다.

승재는 그만 뒤통수를 긁고 싶은 상호다.

"그럼 이게, 오늘 아까…… 장난으로 그랬나?"

승재가 비슬비슬 떠듬떠듬하는 것을, 계봉이는 냉큼

받아,

"장난? 누가 또 장난이랬수?"

그러나 그럴수록 어쩐 영문인지를 몰라 얼떨떨한 건 승재다.

결혼이라니까 펄쩍 뛰더니, 그럼 시방 이게 연애가 장난이냐니까 더 야단이다. 그런 법도 있나? 결혼 안 할 연애가 장난이 아니라? 장난 아니라 연애를 하면서 결혼은 안 한다?

승재는 암만 눈을 끔적거리고 머리를 흔들고 해도 모를 소리요, 도깨비한테 홀린 것 같아 종작을 할 수가 없다.

"나 좀 봐요, 응?"

이번에는 계봉이가 저라서 승재의 손을 끌어다가 두 손으로 꽈악 쥐고 조몰조몰한다. 말소리도 은근하다.

"……남서방두, 아이 참, 남서방이라구 해선 못쓰지! 뭐라구 하나?…… 남선생?"

"선생은 무슨 선생! 그냥 그대루 남서방 좋지."

"그래두우…… 오 참, 못써 안 돼, 하하하하…… 정말 산지기 같아서 안 돼!"

"산지기?"

"하하하!…… 아따, 아까 아침에 절러루 전화 걸잖었

수?"

"웅."

"동무들한테 들켰다우. 그래 누구냐길래 우리 산지기라구 그랬더니, 하하하하……."

"거 좋군, 산지기…… 허허허."

"가만있자…… 아이이, 무어라구 불루? 웅?"

"승재……."

"승? 재?…… 승재 씨, 그래?…… 건 더 어색한걸?"

"아따, 부르는 거야 좀 아무려믄 어떻나? 되는 대로 할 거지, 그렇잖어?"

"그럼 인제 좋은 말 알아낼 때까지만 그대루 남서방이라구 부르께? 웅?"

"웅, 그거 좋아."

"그거 그러구. 자아, 내 이야기 자세 들우? 웅?"

"웅."

"저어 남서방이 말이지, 날 좋아하지요?"

"좋아-하느냐구?"

"웅, 아따 저어 사-랑-하는 거."

"으웅, 그래서……?"

"글쎄, 남서방 날 사랑하지요?"

"건 물어 뭘 하나! 새삼스럽게……."

"그렇지?…… 웅, 그리구 나두 남서방 사랑허구……
나, 남서방 사랑하는 줄 알지요?"

"웅."

"그렇지?…… 그럼 고만 아니우? 남서방이 날 사랑하
구, 내가 남서방 사랑하구, 그게 연애 아니우?"

"웅."

"그러니깐 그러믄 충분하구, 충분하니깐 만족해야 않
어우?…… 결혼은 달라요!"

"어떻게?"

"연앤 정열허구 정열허구가 만나서 하는 게임이구, 그
러니깐 연앤 아마추어 셈이구…… 그런데 결혼은 프로페
셔널, 직업인 셈이구……."

"그럴까! 온……."

"그러니깐 이를테면 학문허구 직업허구처럼 다르
지…… 누가 꼭 취직하자구만 공불 허우?"

승재는 모를 소리요, 결혼이 약속 안 되는 정열은 암만
해도 불안코 미흡한 것이었었다.

앞으로 승재의 소견이 어느만큼 트일는지 그것은 미지
수이나, 또 계봉이가 장차 어떻게 해서 둘 사이의 이 '세

기(世紀)의 차이'를 조화라도 시켜 낼는지야 또한 기약하기 어려운 일이나, 시방 당장 보기에는 승재의 주제에 계봉이 같은 계집아이란 게 도시 과분한가 싶다.

흥이 떨어져 가지고 앉아 있는 승재를 방긋방긋 들여다보고 있던 계봉이는 의자에서 발딱 일어서더니 뒤로 돌아가서 두 팔을 승재의 어깨 너머로 얹고 등에다 몸을 싣는다.

승재는 양편으로 계봉이의 손을 끌어다가 제 가슴에 포개 잡고 다독다독 다독거린다.

"남서바앙?"

바로 귓바퀴에서 정다운 억양이 소곤거린다.

"응?"

"노였수?"

"아-니."

"왜 지레 낙심을 해가지군 이럴까? 응? 남서방…… 대답 좀 해봐요!"

"응."

"내가 언제 결혼을 않는다구 그랬나?…… 결혼한단 말을 안 했다구만 그랬지."

"……"

"그러니깐 시방은 이렇게……."

보드라운 볼이 수염 끝 비죽비죽 솟은 승재의 볼을 비비면서 음성은 한결 콧소리다.

"……이렇게 꼬옥 좋아허구, 좋아하니깐 좋잖우? 그리구 결혼은 인제 두구 봐서 응? 이 말 잘 들어요. 연애란 건 원칙적으룬 결혼이란 목적지루 발전해 나가는 본능을 가졌으니깐…… 그러니깐 우리두 무사하게 목적지까지 당도하믄 결혼이 되는 거구, 또 중간에 고장이 생기던지 하는 날이믄 결혼을 못 하는 거구…… 그렇잖우?"

"그거야 물론……."

"거 봐요, 글쎄, 아 내가 낼이라두 갑재기 죽어 버리던지 하믄 그것두 결혼 못 하게 되는 거 아니우?"

"숭헌 소릴!"

"하하하…… 그리구 또, 이 담에라두 내가 남서방이 싫여나믄?…… 꼭 싫여나지 말란 법은 없잖우? 응?"

"글쎄……."

"글쎄가 아냐! 글쎄가 아니구, 그러니깐 싫여나믄 결혼 못 하는 거 아니우? 둘 중에 하나가 싫여두 결혼을 하나?"

"그야 안 되겠지……."

"거 봐요!…… 그렇지? 그리구 또…….

"또오?"

승재는 고개를 뒤로 젖히고 눈이 맑게 웃는다. 시무룩 했던 것이 적이 가셨다. 실상 알고 보니 그리 대단스런 조건도 아니던 것이다.

서편 유리창 위께로 다 넘은 저녁 햇살이 가물가물 들이비친다. 변화라고 하자면 오직 그것뿐, 방 안은 두 사람을 위해 종시 단출하고 조용하다.

계봉이는 승재가 무엇이 또 있느냐고 고개를 돌려 재우쳐 묻는 눈만 탐탁하여 들여다보다가 웃고 대답을 않는다.

노상 오늘 처음은 아니라도 사심 없고 산중의 깊은 호수 같아 만년 파문이 일지 않으리 싶게 고요한 눈이다.

이 눈이 소중하여, 계봉이는 장차 남서방도 마음이 변해서 나를 마다고 하지 말랄 법이 어디 있느냐는 말을 하기가, 실상 또 아무 상관도 없는 것이지만, 한갓 아름다운 것에 대하여 계집아이 티를 하느라 로맨스런 본능이랄까, 차마 그 말을 하기가 아까웠던 것이다. 그러했지, 눈이 좋대서 사랑이 영원하리라고 믿는 것도 아니요, 그뿐더러 아직은 영원한 사랑을 투정할 마음도 준비되어 있질 않다.

"아이 참, 그런데 말이우……."

계봉이는 도로 제자리로 와서 앉으면서 다른 말로 이야기를 돌린다.

"……그새 좀 발육이 된 줄 알았더니 이내 그 대중이우?"

"무엇이?"

승재는 언뜻 알아듣지 못하고 끄덕끄덕한다.

"이 짓 말이우, 이 병원…… 글쎄 아무 소용 없대두 무슨 고집일꾸?"

"소용이 없는 줄은 나두 알긴 아는데……."

"알아요? 어이꾸 마구 제법이구려! 하하하…… 그런데 어떻게 그런 걸 다아 알았수? 나한테 강을 좀 해봐요."

"별것 있나? 가난한 사람두 하두 많구, 병든 사람두 많구 해서, 머……."

"안 되겠단 말이지요?"

"응…… 세상의 인간이 통째루 가난병이 든 것 같아! 그놈 가난병 때문에 모두 환장들을 해서 사방에서 더러운 농이 질질 흐르구…… 에이! 모두 추악하구……."

"그렇지만 가난한 사람이 가난한 게 어디 그 사람네

죈가, 머……."

"죄?"

"누가 글쎄 가난허구 싶어서 가난하냔 말이우!"

"가난한 거야 제가 가난한 건데 어떡허나?"

"글쎄 제가 가난허구 싶어서 가난한 사람이 어딨수?"

"그거야 사람마다 제가끔 부자루 살구 싶긴 하겠지
……."

"부자루 사는 건 몰라두 시방 가난한 사람네가 그닥지
가난하던 않을 텐데 분배가 공평털 않어서 그렇다우."

"분배? 분배가 공평털 않다구?"

승재는 그 말의 촉감이 선뜻 그럴싸하니 감칠맛이 있
어서 연신 고개를 까웃까웃 입으로 거푸 뇐다. 그러나
지금의 승재로는 책을 표제만 보는 것 같아 그놈이 가진
매력에 구미는 잔뜩 당겨도 읽지 않은 책인지라 그 표제
에 알맞은 내용을 오붓이 한입에 삼키기 좋도록 알아내
는 수는 없었다.

사전에서 떨어져 나온 몇 장의 책장처럼 두서도 없고
빈약한 계봉이의 '분배론'은 승재를 입맛이나 나게 했지
머리로 들어간 것은 없고 혼란만 했다.

"선생님이 있어야겠수, 하하하."

계봉이는 그 이상 깊이 들어가서 완전히 설명을 할 자신이 없어 이내 동곳을 빼고 만다.

"선생님? 글쎄…… 난 이런 생각을 하구 있는데……."

"무얼? 어떻게?"

"큰 화학실험실을 하나 가지구서……."

"그건 무얼 하게?"

"연구……."

"연구?"

"공기 속에 무진장으루 들어 있는 원소를 잡아 가지구……."

"응."

"아주 값이 헐한 영양물이라던지 옷감이라던지 무엇이구 사람이 생활하는 데 필요한 건 다아 맨들어 내는 그런……."

"내, 온!…… 아, 인조견이 암만 헐해두 헐벗는 사람이 수두룩한 건 못 보우?"

"시방보다 더 헐하게…… 옷 한 벌에 일 전이나 이 전씩 받을 걸루 맨들어 내지?"

"그건 공상 이상이니깐 고만둬요! 고만두구 자아, 이 짓이 소용 없는 줄 알았으믄서 왜 또 시작은 해요?"

"그래두 눈으루 보군 차마 그냥 있을 수가 있어야지! …… 별반 소용이 없구 기껏해야 내 맘 하나 질겁자는 노릇인 줄 알긴 알면서두……."

"난 몰라요! 결혼하자믄서 날 무얼루 멕여 살릴 텐구?…… 쫄쫄 가난하게 사는 거 나 싫여! 나두 몰라! 머……."

계봉이는 응석하듯 쌀쌀 어깨를 내두른다. 승재는 그게 굴져서 히죽이 웃으면서,

"괜찮어. 이 병원만 가지구두 그리구 인심 써가면서라두 돈은 벌자면 벌 수 있으니깐 머, 넉넉해."

"난 몰라! 저 거시키, 우리집 못 봐요? 가난 핑계 대구서 얌체없이 자식이나 팔아먹구, 파렴치!"

계봉이는 입에 소태를 문 듯이 쓰게 내뱉는다.

승재는 마침 생각이 나서 올라오던 그 전날 계봉이네 집 가게에 잠깐 들렀었다고 (정주사 내외가 싸움질하던 것은 빼놓고) 본 대로 들은 대로 대강 이야기를 했다. 그리고 그럭저럭하면 먹고 살아는 가겠더라고 제 의견도 붙여 말했다.

그러나 계봉이는 형의 소청으로 제가 부탁 편지를 하기는 했지만, 실상 제 소위 '파렴치'한 저의 집과는 이미

마음으로 절연을 했던 터라, 그녀가 잘산다건 못산다건 아무 주의도 흥미도 끌리지를 않았고, 제 형 초봉이한테 전갈이나 해줄 거리로 귓결에 대강 들어 두기나 한다.

계봉이한테는 차라리, 명님이를 몸값 갚아 주고서 데 려다가 간호부 견습을 시키겠다고 하는 그 간호부란 소 리에 귀가 솔깃하여, 나두 좀 하는 샘이 가만히 났다. 이것은 그러나, 승재 옆에 명님이라는 계집아이가 있게 되는 것을 노상 텃세하고 시새워하고 해서만 그러는 것 은 아니다. 그렇다고 아주 담담한 것은 아니지만……

집안과 이미 그러해서 마음으로 절연을 한 계봉이는, 그녀가 못 살아가고 있으면 말할 것도 없거니와, 설혹 잘 살아간다고 하더라도 장차에 그녀와 생활의 교섭을 갖는다거나 더욱이 결혼 전에 장성한 계집아이로서의 몸 의탁을 한다거나 할 의사는 조금도 갖고 있지를 않았다.

그러고 보니 비록 총명도 하고 다부져 독립자행할 자 신과 자긍을 가진 계집아이기는 해도, 때로는 고아답게 몸의 허전함과 그 몸의 허전한 데서 우러나는 명일(明日) 의 불안을 느끼지 않을 수가 없었다. 물론 그런 것을 가 지고 비관을 하거나 하지를 않고 늘 무엇이 어때서 그럴 까 보냐고 싹싹 몽시려 버리고 무시를 하기는 하지만,

그러나 제 자신 주의를 하고 않는 여부 없이, 이십 안팎의 계집아이로 결혼과 생활에 대한 명일에의 불안이 노상 없다는 것은 오히려 빈말일 것이다.

하기야 형 초봉이가 동기간의 살뜰한 우애로 끔찍이 위해 주기는 하나, 초봉이 제 자신부터 앞일을 기약할 수 없는 처지니 거기다가 어떠한 기대를 두어 둘 형편도 못 되거니와 되고 안 되고 간에 아예 그리할 생각조차 먹질 않는다. 학교를 다니지 않는 것은 고사하고, 그대로 몸을 의탁해서 있는 것도 결백지 않다 하여 제 먹을 벌이를 제가 하느라 직업을 가지기까지 한 터이니…….

그런데 지금 가진 직업이라는 게 그다지 투철해서 다 자란 계집아이 하나의 앞뒷일을 안심코 보장할 수 있는 것이냐 하면 그렇지를 못하고 기껏해야 소일거리 푼수밖에는 안 되는 것이다.

그러니 남과도 달라, 일반으로 남들이 그러하듯이 결혼이라는 가장 안전해 보이는 '직업'을 방궈 일찌감치 몸 감장을 할 유념이나 할 것이지만, 승재가 결혼 소리를 내놓는다고 오히려 지천을 하던 것이 아니냐.

계봉이는 결단코, 지레 결혼에로 도피도 하지 않고, 가정이나 남한테 구구히 의탁도 하지 않고 다만 혼자서 젊은 기쁨을 자유롭게 생활하고 싶고, 그것을 변하려고 도 않는다. 그러므로 그것의 한 방편으로서 직업을 실하 게 갖자니까 기술이 그립던 것이다.

"나두 간호부, 응?"

계봉이는 숫제 손바닥을 내밀고 사탕이라도 조르듯 한다.

"간호부?"

승재는 계봉이가 바륵바륵 웃으면서 그러는 것이 장난 엣말인 줄 알고 저도 웃기만 한다.

"왜? 난 못쓰우?"

"못쓸 건 없지만……."

"그런데 왜?"

"하필 간호부꼬?"

"해해…… 그럼 약제사? 또오, 의사? 더 좋지 머…… 낼바틈이라두 오께시니 배워 줘요, 응?"

"안 돼, 소용 없어."

"왜?"

"인제 얼마 안 있어서 시험이 없어지는데, 머…… 그래 두……."

"어쩌나!"

"그래두 우리 계봉인 걱정 없어."

"정말?"

"그으럼!"

"어떻게?"

"어느 의학전문이나 또오, 약학전문이나 들어갈 시험 준빌 하라구."

계봉이는 좋아서 금세 입이 벌어지다가 말고 한참 승재를 바라보더니,

"싫다누!"

해버린다.

"싫다니?"

"싫여!"

"내가 공부시켜 줘두 챙피한가? 액색한가?"

"그건 아니지만……."

"그런데 왜?…… 응?"

"싫여!"

"대체 왜 싫대누?"

"공부시켜 주는 의리가 연애나 결혼을 간섭할 테니깐……."

계봉이는 여전히 웃으면서 승재의 낯꽃을 본다. 승재

는 어처구니가 없다고 실소를 하려다가 도리어 입이 뚜 우 나온다.

"쓰잘디없는 소리 말아요. 아무련들 내가 머 그만 공부 못 시켜 줄 사람인가? 내가 공부 좀 시켜 준 값으루 결혼 억지루 하잴까?…… 오온!"

"남서방은 다아 그렇다지만, 내가 그렇덜 못하믄 어떡 허나? 결혼은 할 수가 없는데 결혼으루라두 갚어야 할 의리라믄?"

"혼동할 필욘 없어."

"필요야 없는 줄 알지만 이론보다두 실지가 더 명령적 인 걸 어떡허나?"

마침 전등이 힘없이 들어와서 켜진다. 아직 긴치 않은 광선이다. 그래도 승재는 생각이 들어 벌떡 일어선다.

"자, 그건 숙제루 둬두구서…… 나허구 여기서 우선 저녁이나 먹더라구?"

"글쎄……."

"무얼 대접하나? 이런 아가씰 상밥집으루 모시구 갈 순 없구, 헤."

"상밥? 여관두 안 정했수?"

"여관은 별것 있나! 더 지저분하지…… 병원 뒤루 조선

집이 한 채 따른 게 있어서 자취를 할까 허구 아직 상밥을 먹구 있지."

"그 궁상 좀 인전 고만둬요! 자췬 무어구 상밥은 무어야!"

"그렇거들랑 계봉이가 좀 와서 있어 주지?"

"그럴까 보다? 재밌을걸!"

"식모나 하나 두구서…… 오래잖어 명님이두 올라오구 할 테니깐, 동무삼아서……."

"하하하! 누가 보믄 결혼했다구 그러게?"

"헤, 괜찮어. 누이라구 그러지?"

"누이라구 했다가 결혼은 어떡허나?"

"어떻나?…… 그런데 웃음엣말이 아니라, 언니 집에 있기가 마땅찮다면서 낼이라두 오게 하지?"

"언니 띠어 놓구서 나 혼자 나오던 못 해요. 그러기루 들었으믄야 벌써 하숙이라두 잡구 있었게?"

계봉이는 형 초봉이를 곰곰 생각하고 얼굴을 흐린다.

승재 역시 초봉이라면 한가닥 감회가 없지 못한 터라, 묵묵히 뒷짐을 지고서 계봉이가 앉았는 등뒤로 뚜벅뚜벅 거닌다.

계봉이는 이윽고 있다가 몸을 돌리면서 승재의 가운

자락을 잡고 끈다.

"저어어, 언니두 데리구 같이 오라구 하믄 오지만……."

"언니두? 데리구?"

"왜? 못써?"

"아아니 못쓴다는 게 아니라……."

"그런데 왜?"

"아냐, 난 아무래두 괜찮지만……."

"날 공부시켜 주느니 차라리 그렇게 해줬으믄 착한 남서방이지?"

"그런 교환조건이야 머……."

건성으로 중얼거리면서, 승재는 딴생각을 하느라고 도로 마루청을 오락가락한다.

승재는 초봉이가 그새 경난해 내려온 사정의 자세한 곡절이랄지, 더구나 시방 생사조차 임의로 할 수 없게끔 절박한 사세인 줄까지는 아직 모르고 있다.

계봉이가 한번 서신으로 대강 경과를 적어 보내 주기는 했었으나 지극히 간단한 졸가리뿐이어서 그걸로 깊은 정상을 짐작할 재료는 되지 못했었다. 그래 그저 막연하게 불행하거니 해서, 안되었다고, 종차 기회를 보아 달리 새로운 생애를 개척하도록 권면도 하고 두루 주선도 해

주고 하려니, 역시 막연은 하나마 준비된 성의가 없던 것은 아니다.

그런데 막상 이날에 계봉이와 드디어 마음을 허하여 서로 맞터놓고 지내게 된 계제이자, 공교롭다 할는지, 동시에 가서 초봉이를 저희들의 사랑의 울타리 안으로 불러들인다는 문제가 생기고 본즉 승재로서는 더럭 불길스런 생각이 들지 않질 못했다.

만약 셋이서 그렇듯 그룹을 이루었다가 서로서로 새에 어떤 새로운 감정의 파문이 일어나 가지고, 그로 하여 필경 착잡한 알력이 생기든지 하고 보면 어떻게 할 것이냐.

그럴 날이면, 결국은 가서 일껏 구해 주었다는 초봉이한테 도리어 새로운 슬픔과 불행을 갖다가 전장시키게 될 것이 아니냐.

미상불 그러했다. 그러나 좀더 깊이 캐고 보면, 그것도 그것이지만, 그와 같은 감정의 알력으로 해서 승재 저와 계봉이와의 사랑에 파탈이 생기지나 않을까 하는 게 보다 더 절박한 불안이었던 것이다.

그러나 거기서 한번 더 그 밑을 헤치고 본다면, 또다시 미묘한 심경의 약한 이기심의 갈등이 얽히어 있음을 볼 수가 있었다.

승재는 초봉이에게 대한 첫사랑의 기억을 완전히 씻어 버리지는 못한 자다. 물론 그것은 욕망도 없고 미련도 아닌 한낱 가슴에 찍혀져 있는 영상(映像)일 따름이기는 하다. 하지만 소위 첫사랑의 자취라면 마치 어려서 치른 마마자국 같아 좀처럼 가시질 않는 흠집이다.

흠집일 뿐만 아니라, 가령 몸과 마음은 당장 이글이글 달구어진 새 정열의 도가니 속에서 다 같이 녹고 있으면서도 일변 첫사랑의 자취에서는 연연한 옛 회포가 제 홀로 한가로운 소요를 하는 수가 없지 않다.

결국 촌 가장자리에 유령이 나와서 배회하듯 '사랑의 유령'이지 별수없는 것이다. 그러나 어쨌든 승재는 아직도 망부(亡父)[382) 아닌 그 사랑의 유령을 가끔 만나 햄릿의 제자 노릇을 일쑤 하곤 했었다. 그럴뿐더러 그는 제 마음을 미루어, 초봉이도 응당 그러하려니 짐작하고 있다.

이렇듯 제 자신이 저편을 완전히 잊지 못하고 있고, 저편에서도 그리한 줄로 여기고 있기 때문에, 만약 초봉이와 한 울 안에서 조석 상대의 밀접한 생활을 하고 보면, 정이 서로 다시 얽혀 마침내 가장 불쾌한 결과를 보고라

---

382) 죽은 아버지.

야 말게 되지나 않을까 이것이다. 즉 제 자신의 약점을 위험 앞에 드러내 놓기가 조심이 되어 뒤를 내던 것이다.

승재는 전에도 시방도 그리고 앞으로도 초봉이에게 대한 동정은 잃지 않을 생각이다. 그러나 이미 뭇 남자의 손에 치어, 정조적으로 순결성을 잃어버린 여자, 초봉이를 갖다가 결혼의 상대로 삼을 의사는 꿈에도 없을 소리다. 하물며 계봉이를 두어 두고서야…… 사내 쳐놓고 고만한 결벽이야 누구는 없을까마는 승재는 가뜩이나 그게 더한데다가 일변 소심하기 또한 다시 없어, 이를테면 시방 해변가의 놀란 조개처럼 다뿍 조가비를 오므리는 양이다.

계봉이는 종시 오락가락 서성거리는 승재를 잡아다가 제자리에 앉혀 놓고 안존히 이야기를 시작한다.

"그때 언니가 서울로 올라오다가 중로에서 박제호를 만나 가지구……."

이렇게 거기서부터 시초를 내어…….

초봉이는 제가 치르던 전후 풍파를 그 동안 여러 차례 두고 동생한테 설파를 했었고, 그래서 계봉이는 그것을 다 그대로 승재에게다 되옮겨 들려주었다. 그리고 작년 가을부터는 직접 제 눈으로 보아 온 터라 장형보의 인물이며, 그와 초봉이와의 부자연한 관계며, 송희에게 대한 초봉이의 지나친 애정이며, 또 요즈음 들어서는 바싹 더 절망이 되어 사선에서 헤매는 정상이며, 그의 심경, 그의 건강, 그리고 송희를 두고 느끼는 형보의 위협과 해독, 이런 것은 차라리 초봉이 자신이 이야기할 수 있는 이상으로 세밀하게 그러나 요령 있게, 잘 설명을 할 수가 있었다.

한 시간이나 거진 이야기는 길었다. 그리고 맨 마지막에 가서,

"그러니깐 암만 보아두 눈치가, 송흴 갖다가 장가 녀석의 위협이며 해독에서 구해 낼 겸, 그 앤 내게다 맡기구서 자긴 죽어 버릴 생각인가 봐!"
하고 목맺힌 소리로 끝을 맺는다.

승재는 마침내 크게 격동이 되지 않질 못했다. 견우코미견양(見牛未見羊)[383]의 그 양을 본 심경이라 할는지, 좌우간 해변가의 소심한 조개는 바스티유 함락같이 형세 일변했다.

이야기를 듣는 동안 승재의 거동은 요란스러웠다. 얼

---

383) '소는 보고 양은 보지 않는다'는 뜻으로 무엇이나 보지 않은 것보다는 직접 눈으로 보고 들은 것에 대해 한층 더 생각하게 된다는 말.

굴이 붉으락푸르락했다가 절절히 감동을 했다가 주먹을 부르쥐고 코를 벌심벌심했다가 마루가 꺼지게 한숨을 내쉬었다가…….

그리하다가 마침내 초봉이가 헐수할수없이 자결이라도 하지 않지 못하게 되었다는 대문에 이르러서는 그만 참지 못해,

"빌어먹을 놈의!"

볼먹은 소리를 버럭 지르더니 금시로 굵다란 눈물 방울이 뚝뚝 떨어져 내린다. 그놈을 커다란 주먹으로 꾹꾹 씻으면서 두런두런,

"그런 놈을 갖다가 그냥 두구 본담! 마구 죽여 놓던지…….

계봉이는 같이서 흥분하기보다도, 승재의 흥분하는 양이 우스워서, 미소를 드러내고 바라보다가 문득 고개를 가로 흔든다.

"그래두 육법전서가 다아 보호를 해주잖우? 생명을 보호해 주구, 또 재산두 보호해 주구…… 수형법(手形法)이라더냐 그런 게 있어서, 고리대금을 해먹두록 마련이시구…… 머, 당당한 시민인걸! 천하 악당이라두…….

승재는 두 팔을 탁자 위에 세워 턱을 괴고 앉아서 앞을

끄윽 바라다본다. 얼굴은 골똘한 생각에 잠겨, 양미간으로 주름살이 세 개 굵다랗게 팬다.

육법전서가 보호를 해준다고 한 계봉이의 그 말이 방금 승재한테 신선한 자극을 주었던 것이다. 그것이 비록 '라 마르세유'384)처럼 분명하진 못해도 마치 박하(薄荷)를 들이켠 것 같아 아프리만큼 시원했다.

승재는 머릿속이 그놈 박하 기운으로 온통 어얼얼, 화아해서 시원하기는 하나, 어디가 어떻다고 꼭 집어낼 수가 없었다. 시방 이맛살을 찌푸려 가면서 생각하기는 그의 중심을 찾아내자는 것이다.

계봉이는 무얼 저리 생각하는가 싶어 그대로 두어 두고서 저 혼자 손끝으로 탁자 복판을 똑똑, 박자 맞추어 몸을 앞뒤로 가볍게 흔든다.

이윽고 침묵이 계속된 뒤다. 갑갑했던지 계봉이가 승재의 팔을 잡아당긴다.

"응?"

승재는 움칫 놀라다가 비로소 정신이 들어 거기 계봉이가 있음을 웃고 반긴다.

384) 프랑스 국가(國歌).

"……무얼 그렇게 생각해요?"

"머어, 별것 아냐…… 헌데에…… 자아 언닐 위선 일러루라두 데려 내오는 게 좋겠군?"

누가 만만히 놓아 준대서까마는 그런 건 상관없고 승재의 말소리며 얼굴은 자못 강경하다. 가슴에 묻은 불이, 아직 그를 바르게 어거해 나갈 '의사'가 트이지 않아, 종잇조각 투구에 동강난 나무칼을 휘두르면서 비루먹은 당나귀를 몰아 풍차(風車)로 돌격하는 체세이기는 하나, 초봉이를 뺏어 내어 괴물 장형보를 퇴치시킴으로써 (단지 그것에 그치지 않고) 육법전서에게 분풀이를 할 요량인 것만은, 승재로서는 제접한 발육이 아닐 수 없었다.

"정말? 아이 고마워라!"

계봉이는 좋아라고 냉큼 일어서더니 아까처럼 승재의 등뒤로 가서 목을 싸안는다.

"……우리 착한 되련님, 하하하."

"저어 이렇게 하더라구?"

"응, 어떻게?"

"위선 언니더러 그렇게 하자구 상일 하구서……"

"좋아서 얼른 대답할걸, 머…… 다른 사람두 아니구, 남서방이 들어서 다아 그래 준다는 데야…… 아이 참!

이거 봐요…… 언니가아 시방두우, 웅? 남서방을 못 잊 겠나 봐?"

"괜헌 소릴!"

"아냐, 더러 말말끝에 남서방 이야기가 나오구, 그런 때믄 낯꽃이 여간만 다르질 않아요, 정말……."

"그럴 리가 있나!"

승재는 그렇다면 필경 야단이 아니냐고 잊었던 제 걱 정이 도로 도져서 혼자 땅이 꺼진다.

그러자 계봉이가 별안간,

"오오, 참……."

하면서 승재의 어깨를 쌀쌀 잡아 흔든다.

"……그렇다구 괘애니, 언니허구 둘이서 도루 어쩌구 저쩌구 해가지굴랑, 날 골탕멕였다만 봐?…… 머, 난 몰 라 몰라! 머……."

"뭘! 계봉인 나허구 결혼두 할는지 말는지, 그렇다면 서?"

"뭐어라구?"

보풀스럴 것까지는 없어도 방금 응석하던 음성은 아 니다.

계봉이는 승재의 가슴에 드리웠던 팔을 거두고 제자리

로 와서 앉는다. 승재는 이건 잘못 건드렸나 보다고, 무색해서 히죽히죽 웃는다. 그러나 승재를 빠꼼히 들여다보고 있는 계봉이의 얼굴은 하나도 성난 자리는 없다. 장난꾸러기 같은, 또 어떻게 보면 시뻐하는 것 같은 미소가 입가로 드러날 뿐 아주 천연스럽다.

"정말이우?"

"아냐, 아냐. 오해하지 말라구, 해해."

"내, 시방이라두 집에 가서 언니 보내 주리까?"

"아냐! 난 계봉이가 무어래나 보느라구 그랬어."

"이거 봐요, 남서방!…… 머 이건 내가 괜히 지덕을 쓰는 것두 아니구 아주 진정으루 하는 말인데…… 난 쬐꼼두 거리낄라 말구서 그렇게 해요!…… 언닌 아직까지 남서방을 못 잊는 게 분명하니깐 남서방두 언니한테 옛 맘이 남았거들랑 다 그렇게 하는 게 좋아요…… 머 아무 걱정두 할라 말구서…….'"

"아니래두 자꾸만!"

"글쎄, 아니구 무어구는 두구 봐야 하지만, 아무튼지 내 이야긴 참고삼아서라두 들어 봐요, 응?…… 난 왜 그런고 허니 '오올 오어 낫싱',385) 전부가 아니믄 전무(全無), 응? 사랑을 전부 차지하지 못하느니 조각은 그것마

저두 일없다는 거, 알지요?…… 그렇다구 내가 언닐 두구 질투를 하느냐믄 털끝만치두 그런 맘은 없어요. 사실 이건 질투 이전이니깐. 난, 난 말이지, 여러 군디루 분열된 사랑에서 한몫만 얻으니 치사스러 차라리 하나두 안 받구 말아요…… 사랑일 테거들랑 올 하나두 빗나가지 않은 채루 웅근 사랑, 이거래야만 만족할 수 있는 거지, 그러잖군 아무것두 다아 의의(意義)가 없어요. 전체의 주장, 이건 자랑스런 타산이라우, 애정의 타산…….”

붙일성 없이 쌀쌀한 것도 아니요, 또 격해서 쏟쳐 오르는 폭백도 아니요, 열정은 혀밑에 넌지시 가누고 고삐를 늦추지 않아 차분하니 마침 듣기 좋은, 그래서 오히려 어떤 재미있는 담화 같다.

승재는 인제는 마음이 흐뭇해서 넓죽한 코를 연신 벌심벌심 입이 절로 자꾸만 히죽히죽 헤벌어진다. 건드려는 놓고도 이 얼뚱아기의 엉뚱스런 정열이 되레 흡족했던 것이다.

계봉이는 이내 꿈을 꾸는 듯 그 포즈대로 곰곰이 앉아 말을 잇는다.

---

385) All or Nothing

"······삼 년! 아니 그 안 해 겨울부터니깐 그리구 내 나이 열여섯 살이었으니깐 햇수루는 사 년이겠지······ 허긴 그때야 철두 안 든 어린앤 걸 무엇이 무엇인지 알기나 했나! 거저 따르기나 했지. 그것이 나두 몰래, 남서방두 모르구, 우린 씨앗 하나를 뿌렸던 게 아니우?······ 그런 뒤루 사 년, 내 키가 자라나구 지각이 들어 가구 그러듯이 그 씨앗두 차차루 자라서 싹이 트구 떡잎이 벌어지구 속잎이 솟아오르구 그래서 뿌리가 백히구 가지가 번구 한 것이 시방은 한 그루 뚜렷한 남구가 됐구······ 그걸 가만히 생각하믄 퍽 희한스럽기두 허구!······ 신통하잖아요?"

실상 동의를 구하는 말끝도 아닌 걸, 승재는 제 신에 겨워 흥흥 연신 고개를 끄덕거린다.

"······그런데 말이지요. 애정이라껀 '에네르기386) 불멸'두 아니구, 또 '불가입성'두 아니니깐······ 그새동안 내가 남서방을 잊어버린다던지, 혹 잊어버리던 않었더래두 달리 한 자리 애정을 길른다던지 그럴 기회가 없으랄 법이 없는 것이지만······ 머 그랬다구 하더래두 그게 배

---

386) (독일어) Energie. 에너지.

덕의 짓두 아니구…… 그래 아무튼지, 내가 시방 남서방을 온전히 사랑을 하긴 하나 본데, 또 그렇다 해서 그걸 갖다가 무슨 자랑거리루 유세를 하는 건 절대루 아니구, 더구나 빚을 준 것이 아닌 걸 숫제 갚아 달라구 부등부등 조를 머리가 있어요? 졸라서 받는 건 사랑이 아니라 동정이니깐…….”

“자알 알았습니다…….”

승재는 슬며시 쥐고 주무르던 계봉이의 손을 다독다독 다독거려 주면서,

“……그리구 나두 시방은 계봉이처럼, 응? 저어 거시키…….”

헤벌씸 웃는 승재의 얼굴을 짯짯이 보고 있던 계봉이는 딴생각이 나서 입술을 빙긋한다.

역시 기교가 무대요 사람이 진국인 데는 틀림이 없으나, 그 안면근육의 움직이는 양이 어떻게도 둔한지 바보스럽기 다시 없어 보였다.

그러니 그저 사범과 출신으로 시골 보통학교에서 십 년만 속을 썩힌 메주같이 생긴 올드 미스가 이 사람한테는 꼬옥 마침감이요, 그런 자리에다가 중매나 세워 눈 딱 감고 장가나 들 잡이지 도시의 연애란 과한 부담이겠

다고, 이런 생각을 해보면서 혼자 웃던 것이다.

계봉이는 신경도 제 건강과 한가지로 건실하다. 그렇기 때문에 그는 현대적인 지혜를 실한 신경으로 휘고 삭이고 해서 총명을 길러 간다.

만약 그렇지 않고서 지혜에 좀먹힌 말초신경적인 폐결핵 타입의 영양(令孃)이었다면 (하기야 그렇게 생긴 계집애는 아직은 없고 이 고장의 지드나 발레리의 종자(從者)들이 쓰는 소설 가운데서 더러 구경을 할 따름이지만, 그러므로 가사 말이다) 그렇듯 우둔하고 바보스런 승재의 안면 근육은 아예 그만한 풍자나 비판으로는 결말이 나질 않았을 것이다.

분명코 그 아가씨는 템씨나, 또 동물원의 하마(河馬) 같은 걸 구경할 때처럼 승재에게서도 병든 신경의 괴상한 흥분을 맛보았기 아니면, 야만이라고 싫증을 내어 대문 밖으로 몰아 냈기가 십상이었을 것이다.

그러나 그렇다고 또, 계봉이는 그러면 마치 엊그제 갓 시집온 촌색시가 중학교에 다니는 까까중이 새서방의 다 떨어진 고쿠라 양복을 비단치마와 한가지로 양복장 속에다가 소중히 걸어 놓듯 그렇게 촌스럽게 승재를 위하고 그가 하는 짓은 방귀도 단내가 나고 이럴 지경이냐 하면 그건 아니다.

그런 둔한 떠받이도 아니요, 또 말초신경적인 병적 감상도 아니요, 계봉이는 극히 노멀하게 비판해서 승재의 부족한 곳을 다 알고 있다.

안팎이 모두 고색이 창연하고, 우물우물하고 굼뜨고, 무르고, 주변성 없고, 궁상스럽고, 유치하고 그리고 또 연애라니까 단박 결혼 청첩이라도 박으러 나설 쑥이고…… 등속이다. 이러해서 저와는 세기(世紀)가 다른 줄까지도 계봉이는 모르는 게 아니다. 그렇건만 계집아이의 첫사랑이라는 게 (첫사랑이 풋사랑이라면서) 그게 수월찮이 맹랑하여, 길목버선387)에 비단 스타킹 격의 무서운 아베크388)를 창조해 놓았던 것이요, 그놈이 그래도 아직은 (남들이야 흉을 보거나 말거나) 저희는 좋아서 희희낙락 대단히 유쾌하니 할 말이 없는 것이다.

초봉이의 일 상의를 하느라 이야기는 다시 길어서, 여덟시가 지난 뒤에야 둘이는 같이서 종로까지 나가기로 자리를 일어섰다. 근처에서 매식이 변변칠 못하니 종로로 나가서 저녁도 먹을 겸, 저녁을 먹고 나서는 그 길로

---

387) 먼 길을 갈 때 신는 허름한 버선.
388) avec: a couple on a date. 남녀의 쌍.

초봉이를 만나러 가기로…….

초봉이와는 셋이 앉아 미리 당자의 의견도 듣고 상의도 하고 그런 뒤에 형편을 보아, 그 당장이고 혹은 내일이고 승재가 형보를 대면하여 우선 온건하게 담판을 할 것, 그래서 요행 순리로 들으면 좋고, 만약 안 들으면 그때는 달리 무슨 방도로 구처할 것, 이렇게 얼추 이야기가 되었던 것이다.

무름하기란 다시 없는 소리요, 그뿐 아니라 온건히 담판을 하겠다고 승재가 형보한테 선을 뵈다니 긴치 않은 짓이다. 형보가 누구라고 온건한 담판은 말고 백날 제앞에 꿇어앉아 비선을 해도 들어줄 리 없는 걸, 그리고 완력다짐을 한댔자 별반 잇속이 없을 것인즉, 그 다음에는 몰래 빼다가 숨겨 두는 것뿐인데, 그렇다면 승재까지 낯알음을 주어서 장차에 눈 뒤집어쓰고 찾아다닐 형보에게 들킬 위험만 덧들이다니…….

이 계책은 대체로 계봉이의 의견을 승재가 멋모르고 동의한 것이다. 계봉이는 물론 승재보다아 실물적으로 형보라는 인물을 잘 알기 때문에 좀더 진중하고도 다부진 첫 잡도리를 하고 싶기는 했으나, 섬뻑 좋은 꾀가 생각이 나지를 않았었다. 그래서 할 수 없이 우선 그렇게 해보되 약차하면 기운 센 승재가 주먹으로라도 해대려니 하는 아기 같은 안심이었던 것이다.

어깨가 자꾸만 우줄거려지는 것을 진득이 누르고, 승재는 가운을 벗고서 양복 저고리를 바꿔 입는다. 갈데없는 검정 서지의 쓰메에리 양복 그놈이다.

계봉이는 바라보고 섰다가 빙긋 웃는다. 승재도 그 속을 알고 히죽 웃는다.

"저 주젤 언제나 좀 면허우?"

"응, 가만있어. 다아 수가 있으니……."

승재는 모자를 떼어다 얹고 나서고 계봉이는 그의 어깨에 가 매달리면서,

"수는 무슨 수가 있다구!…… 그러지 말구, 응? 이거 봐요."

"응."

"선생님 됐으니깐 나한테 턱을 한탁 해요!"

"턱을 하라구?…… 하지, 머."

"꼬옥?"

"아무렴!"

"내가 시키는 대루?"

"응."

"옳지 됐어…… 인제 시방 나간 길에 양복점에 들러서 갈라 붙인 새 양복 한 벌 맞춰요, 웅?"

"아, 그거?…… 건 글쎄 한 벌 생겼어."

"생겼어? 저어거!…… 그런데 왜 안 입우?"

"아직 더얼 돼서…… 여기 강씨가, 이거 병원 같이 하는 강씨가, 고쓰가이 같다구 못쓰겠다구, 헤에…… 그래 축하 겸 자기가 한벌 선사한다나? 헤."

"오옳아…… 난두 그럼 무어 선살 해예지? 무얼 허나? 넥타이? 와이샤쓰?"

"괜찮아. 계봉인 아무것두 선사 안 해두 좋아."

"어이구 왜 그래!"

"그럼 꼭 해야 하나? 그렇거들랑 아무거구 값 헐한 걸루다가 한 가지……."

"넥타일 할 테야, 아주 휘언한 놈으로…… 하하하하, 넥타이 매구 갈라 붙인 양복 입구, 아이 그렇게 채리구 나선 거 어서 좀 봤으믄! 웅? 언제 돼요? 양복."

"내일 아침 일찍 가져온다구 했는데……."

"낼 아침? 아이 좋아!"

계봉이는 아기처럼 우줄거린다. 승재는 나갈 채비로 유리창을 이놈저놈 단속하고 다닌다.

"그럼 이거 봐요, 낼, 낼이 마침 나두 쉬는 날이구 허니깐, 응?"

"놀러 가자구?"

"응…… 새 양복 싸악 갈아입구, 저어기……."

"저어기가 어딘가?"

"저어기 아무 디나 시외루……."

"거, 좋지!"

"하하, 새 양복 입구 '아미' 데리구, 오월달 날 좋은 날 시외루 놀러가구, 하하 남서방 큰일났네!"

"큰일? 거 참 큰일은 큰일이군…… 그러구저러구 내일 그렇게 놀러 나가게 될는지 모르겠군."

"왜?"

"오늘 낼이라두 언니 일을 서둘게 되면……."

"그거야 일이 생기믄 못 가는 거지만…… 그러니깐 봐서 낼 아무 일두 없겠으믄 말이지…… 옳아 참, 언니두 데리구 송희두, 송흰 남서방이 업구 가구, 하하하하."

계봉이는 허리를 잡고 웃고, 승재도 소처럼 웃는다. 조금만 우스워도 많이 웃을 때들이기야 하다.

승재는 진찰실 문을 밖으로 잠그느라고 한참 꾸물거리다가 겨우 돌아선다.

"내가 애길 업구 간다?…… 건 정말루 고쓰가이 같으라구? 헤헤."

사실은 그렇게 하고 나서면 고쓰가이가 아니라 짜장 초봉이와 짝이 된 애아비의 시늉이려니 해서 불길스런 압박감이 드는 것을, 제 딴에는 농담으로 눙치던 것이다.

이렇게 소심하고 인색스런 데다 대면 계봉이는 오히려 대범하여, 그런 좀스런 걱정은 않고 노염도 인제는 타지 않는다. 그러기 때문에 승재의 그 말을 받아 얼핏,

"고쓰가이 같은가? 머, 애기 아버지 같을 테지, 하하하."

하면서 이상이다. 계봉이가 이렇게 털어놓는 바람에 승재도 할 수 없이 파탈이 되어,

"애기 아버지면 더 야단나게? 누구 울라구?"

하고 짐짓 한술 더 뜬다. 그러나 되레 되잡혀,

"날 울리믄 요용태지!…… 난 차라리 우리 송희가 남서방같이 착한 파파라두 생겼으믄 좋겠어!"

"연앨 갖다가 게임이라더니 암만해두 장난을 하나 봐!"

승재는 구두를 꺼내면서 혼자 두런거리고, 계봉이는 지성으로 얼굴을 들여다보면서,

"왜? 소내기 맞었수? 무얼 자꾸만 쑹얼쑹얼허우?"

"장난하긴 아냐!"

"네에, 단연코 장난이 아닙니다아요! 되렌님."

"그럼 무어구?"

"칼모틴형이나 수도원형이 아닐 뿐이지요. 칼모틴형 알아요? 실연허구서 칼모틴 신세지는 거…… 또, 수도원형은 수녀살이 가는 거."

"대체 알기두 잘은 알구, 말두 묘하겐 만들어 댄다! 원 어디서 모두 그렇게 배웠누?"

승재는 어이가 없다고 뻐언히 서서 웃는다.

"하하하…… 그런데 그건 그거구, 따루 말이우, 따루 말인데, 우리 송희가 남서방 같은 좋은 파파가 있다믄 정말 줄 거야! 인제 이따가라두 보우마는 고놈이 어떻게 이쁘다구!"

"그런가!"

"인제 가서 봐요! 남서방두 담박 이뻐서 마구……."

"계봉이두 그 앨 그렇게 이뻐하나?"

"이뻐하기만!…… 아 고놈이 글쎄 생기기두 이쁘디이쁘게 생긴 놈이 게다가 이쁜 짓만 골고루 하는 걸, 안 이뻐허구 어떡허우!"

"그럼 이쁘게두 생기덜 않구 이쁜 짓두 하덜 않구 그랬으면 미워하겠네?"

"그거야 묻잖어두 이쁘게 생기구 이쁜 짓을 허구 하니깐 이뻐하는 거지, 머…… 우리 병주 총각 못 보우? 생긴 게 찌락소 같은 되련님이 그 값 하느라구 세상 미운 짓은 다아 허구 다니구…… 그러니깐 내가 그 앤 어디 이뻐해요?"

"그건 좀 박절하잖나! 동기간에……."

"딴청을 하네! 동기간의 정은 또 다른 거 아니우? 미워해두 동기간의 정은 있는 거구, 남의 집 아이면은 정은 없어두 이뻐할 순 있는 것이구……."

"그럼 그 앤?…… 머, 이름이 송희?"

"응, 송희…… 송흰 내가 이뻐두 허구, 정두 들었구, 두 가지루 다아…… 그러니깐 글쎄 그걸 알구서, 언니가 그 앨 날만 믿구, 자기는 죽는다는 거 아니우?"

"허어!"

승재는 새삼스럽게 감동을 하면서, 우두커니 섰다가 혼자 말하듯,

"쯧쯧!…… 그래, 필경은 그 애를, 자식을 위해선 내 생명까지두 아깝덜 않다! 목숨을 버려 가면서라두 자식을! 응, 응…… 거 원, 모성애라께 그렇게두 철두철미하

구 골똘하단 말인가!"

"우리 언닌 사정이 특수하기두 하지만, 그런데 참……."

계봉이는 문득 다른 생각이 나서,

"세상에 부모가, 그 중에서두 어머니가, 어머니라두 우리 어머닌 예외지만…… 항용 어머니가 자식을 사랑하는 거란 퍽두 끔찍한 건데, 그런데 말이지, 그런 소중한 모성애가 이 세상의 일반 인간들한텐 과분한 것 같어! 도야지한테 진주라까?"

"건 또 웬 소리?"

승재는 문을 열다가 돌아서서 계봉이를 찬찬히 들여다본다. 대체 너는 어쩌면 그렇게 당돌한 소리만 골라 가면서 하고 있느냔 얼굴이다.

"어서 나가요! 가믄서 이얘긴 못 하나?"

계봉이는 제가 문을 드르릉 열고 승재를 밀어 낸다.

집 안보다도 훨씬 훈훈하여 안김새 그럴싸한 밤이 바로 문 밖에서 잡답한 거리로 더불어 두 사람을 맞는다.

이 거리는, 이 거리를 끼고서 좌우로 오막살이집이 총총 박힌 애오개 땅 백성들의 바쁘기만 하지 지지리 가난한 생활을 고대로 드러내느라고, 박절스럽게도 좁은 길목이 메워질 듯 들이 붐빈다.

승재와 계봉이는 단둘이만 조용한 방 안에서 흥분해 있다가 갑자기 분잡한 거리로 나와서 그런지 기분이 헤식어 한동안 말이 없이 걷기만 한다.

　"그런데 저어 거시키……."

　이윽고 승재가 말을 내더니 그나마 떠듬, 떠듬,

　"……저어 우리 이얘길, 걸, 어떡헐꼬?"

　"무얼."

　"이따가 집에 가서 말야……."

　"언니더러 말이지요? 우리 이얘기 말 아니우!"

　"응."

　"너무 부전스럽잖어? 더 큰 일이 앞쳤는데……."

　"글쎄……."

　승재도 그걸 생각하던 터라 우기지는 못하고 속만 걸려 한다.

　초봉이가 요행 이런 눈치 저런 눈치 몰랐다 하더라도, 승재를 마음에 두거나 그럼이 없이 오로지 장형보의 손아귀를 벗어져 나올 그 일념만 가지고서 계봉이와 승재 저희들의 권면과 계획을 좇아 거사를 한다면은 물론 아무것도 뒤돌아볼 일은 없을 것이다.

　그러나 만약 초봉이가 저희들 승재와 계봉이와의 오늘

의 이 사실을 몰랐기 때문에 일변 승재의 단순한 호의를 잘못 해석을 하고서 그에게 어떤 분명한 마음의 포즈를 덧들여 갖든지 하고 볼 양이면, 사실 또 그러하기도 십상일 것이고 하니, 그건 부질없이 희망을 주어 놓고서 이내 다시 낙망을 시키는 잔인스런 노릇이 아닐 수 없대서, 그래 승재는 아까와 달라 제 걱정 제 사폐는 초탈하고 순전히 초봉이만 여겨서의 원념을 놓지 못하던 것이다.

덩치 큰 나그네, 자동차 한 대가 염치도 없이 이 좁은 길목으로 비비 뚫고 부둥부둥 들어오는 바람에 승재와 계봉이는 다른 행인들과 같이 가게의 처마 밑으로 길을 비껴서서 아닌 경의를 표한다. 문명한 자동차도 분명코 이 거리에서만은 야만스런 폭한이 아닐 수가 없었다.

자동차를 비껴 보내고 마악 도로 나서려니까, 이번에는 상점의 꼬마동인지 조그마한 아이놈이 사람 붐빈 틈을 서커스하듯 자전거를 타고 달려오다가 휘파람을 쟁그랍게 휘익,

"좋구나!"

소리를 치면서 해뜩해뜩 달아나고 있다.

승재는 히죽 웃고, 계봉이는 고놈이 괘씸하다고 눈을 흘기면서,

"저런 것두 '독초'감이야!"

하다가 그 결에 아까 중판멘 이야기끝이 생각이 나서,

"……아까 참, 모성애 그 이야기하다가 말았겠다?……이거 월사금 단단히 받아야지 안 되겠수! 하하."

"그래 학설을 들어 봐서……."

"하하, 학설은 좀 황송합니다마는…… 아무튼 그런데, 그 모성애라께 퍽 참 거룩허구, 그래서 애정 가운데선 으뜸가는 거 아니우?"

"그렇지……."

"그렇지요?…… 그런데, 가령 아무나 이 세상 인간을 하나 잡아다가 놓구 보거던요? 손쉽게 장형보가 좋겠지…… 그래, 이 장형보를 놓구 보는데, 그 사람두 어려서는 저이 어머니의 사랑을 받구 자랐을 게 아니우?…… 자식이 암만 병신천치라두 남의 어머닌 대개 제 자식은 사랑하구 소중해하구 하잖어요? 되려 병신일수룩 애차랍다구서 더 사랑을 하는 법이 아니우?"

"그건 사실이야……."

"그러니깐 장형보두 저이 어머니의 살뜰한 사랑을 받었을 건 분명허잖우? 그런데 그 장형보라는 인간이 시방 무어냐 하믄 천하 악인이요, 아무짝에두 쓸데가 없구 그러니 독초, 독초라구 할 것밖에 더 있수? 독초…… 큰 공력에 좋은 비료를 빨아먹구 자란 독초…… 그런데 글쎄 이 세상에 장형보말구두 그런 독초가 얼마나 많수? 그러니 가만히 생각하믄 소중한 모성애가 아깝잖어요?…… 이건 참 죄루 갈 소리지만 우리 언니가 그렇게두 사랑하는 송희, 생명까지 바치자구 드는 송희, 그 애가 아녈 말루 인제 자라서 어떤 독초가 안 된다구는 누가 장담을 허우?"

"계봉인 단명하겠어!"

승재는 말을 더 못 하게 것지르면서 어느새 당도한 전차 안전지대로 올라선다. 그건 그러나 아기더러 끔찍스런 입을 놀린대서 지천이지, 그의 '육법전서' 연구에 돌연 광명을 던져 주는 새 어휘(형보 같은 인물을 '독초'라고 지적한), 그 어휘를 나무란 것은 아니다.

승재와 계봉이는 종로 네거리에서 전차를 내려, 바로 빌딩의 식당으로 올라갔다.

계봉이도 시장은 했지만 배가 고프다 못해 허리가 꼬부라졌다.

모처럼 둘이 마주앉아서 먹는 저녁이다. 둘이 다 같이 군산 있을 적에 계봉이가 승재를 찾아와서 밥을 지어 준다는 게 생쌀밥을 해놓고, 그래도 그 밥이 맛이 있다고 다꾸앙389)쪽을 반찬삼아 달게 먹곤 하던 그 뒤로는 반년 넘겨 오늘 밤 처음이다.

그런 이야기를 해가면서 둘이는 저녁밥을, 한 끼의 저녁밥이기보다 생활의 즐거운 한 토막을 누리었다.

둘이 다 건강한 몸에 시장한 끝이요, 또 아무 근심 없이 유쾌한 시간이라 많이 먹었다. 승재는 분명 두 사람 몫은 실히 되게 먹었다.

그리 급히 서둘 것도 없고 천천히 저녁을 마친 뒤에, 또 천천히 거리로 나섰다.

배도 불렀다. 연애도 바깥의 트인 대기에 인제는 낯가림을 않는다. 거리도 야속하게만 마음을 바쁘게 하는 애오개는 아니다.

훈훈하되 시원할 필요가 없고 마악 좋은 오월의 밤이라 밤이 또한 좋다. 아홉시가 좀 지났다고는 하나 해가 긴 절기라 아직 초저녁이어서 더욱 좋다. 승재와 계봉이는 저편의 빡빡한 야시를 피해 이쪽 화신 앞으로 건너서서 동관을 바라보고 한가히 걷는다.

---

389) (일본어) takuan[澤庵]. '단무지'의 잘못.

제법 박력 있이 창공으로 검게 솟은 빌딩의 압기를 즐기면서, 레일을 으깨는 철(鐵)의 포효와 도시다운 온갖 소음으로 정신 아득한 거리를 유유히 걷고 있는 '연애'는 외계가 그처럼 무겁고 요란하면 할수록 오히려 더 마음 아늑했다. 더구나 불빛 드리운 포도 위로 앞에도 뒤에도 오는 사람과 가는 사람으로 늘비하여 번거롭다면 더할 수 없이 번거롭지만, 마음이 취한 두 사람에게는 어느 전설의 땅을 온 것처럼 꿈속 같았다.

그랬기 때문에 승재나 계봉이나 다 같이 남은 남녀가 쌍지어 나섰으면 둘이의 차림새에 그다지 층이 지지 않아 보이는 걸, 저희 둘이는 승재의 그 어설픈 그 몰골로 해서 장히 얼리지 않는 콤비라는 것도 모르고 시방 큰길을 어엿이 걷고 있는 것이다. 항차 남의 눈에 선뜻 뜨이는 계봉이를 데리고 말이다.

동관 파주개에서 북으로 꺾여 올라가다가 집 문 앞 골목까지 다 와서 계봉이가 팔걸이시계를 들여다보았을 때에는 아홉시하고 마침 반이었었다.

계봉이가 앞을 서서 골목 안으로 쑥 들어서는데 외등 환한 대문 앞에 식모와 옆집 행랑사람 내외와 맞은편 집 마누라와 이렇게 넷이 고개를 모으고 심상찮이 수군

거리고 있는 양이 얼른 눈에 띄었다.

남의 집 드난살이나 행랑사람들이란 개개 저희끼리 모여 서서 잡담과 주인네 흉아작을 하는 걸로 낙을 삼고 지내고, 그래서 이 집 식모도 그 유에 빠지질 않으니까 그리 고이타 할 게 없다면 없기도 하다. 그러나 이 집 식모는 낮으로는 몰라도, 밤에는 영 어쩔 수 없는 주인네 심부름이나 아니고는 이렇게 한가한 법이 없다.

저녁밥을 치르고 뒷설거지를 하고 나서, 그러니까 여덟시 그 무렵이면 벌써 제 방인 행랑방에서 코를 골고 떨어져 세상 모른다. 역시 심부름을 시키느라고 뚜드려 깨우기 전에는 제 신명으로 밖에 나와서 이대도록 늦게 (?)까지 이야기를 하고 논다는 게 전고에 없는 일이다.

계봉이는 그래 선뜻 의아해서 주춤 멈춰 서는데, 인기척을 듣고 모여 섰던 네 사람이 죄다 고개를 돌린다.

과연 기색들이 다르고, 식모는 당황한 얼굴로 일변 반겨하면서 일변 달려오면서 목소리를 짓죽여,

"아이! 작은아씨!"

하는 게 마구 울상이다.

"응! 왜 그래?"

계봉이는 어떤 불길한 예감이 번개같이 머릿속을 스치

면서, 그대로 뛰어들어가려다가 말고 한번 더 눈으로 식모를 재촉한다. 사뭇 몸을 이리 둘렀다 저리 둘렀다 어쩔 줄을 몰라한다. 원체 다급하면 뛰지를 못하고 펄씬 주저앉아서 엉덩이만 들썩거린다는 것도 근리한 말이다.

계봉이는 정녕코 형 초봉이가 죽었거니, 이 짐작이다.

"아이! 어서 좀 들어가 보세유! 안에서 야단이 났나 베유!"

계봉이는 식모가 하는 소리는 집어내던지듯 우당퉁탕 어느새 대문간을 한걸음에 안마당으로 뛰어든다. 뛰어드는데 그런데 또 의외다.

"언니!"

어떻게도 반갑던지, 고만 눈물이 쏟아지면서 엎드러지듯 건넌방으로 쫓아 들어간다.

꼭 죽어 누웠으려니 했던 형이, 저렇게 머리 곱게 빗고 새옷 깨끗이 입고, 열어 논 건넌방 앞문 문지방을 짚고 나서지를 않느냔 말이다. 또 송희도 아랫목 한편으로 뉜 채, 고이 자고 있고…….

"왜? 누가 어쨌나요?"

승재는 계봉이의 뒤를 따라 들어가다가 말고, 잠깐 거기 모여 섰는 사람들더러 뉘게라 없이 떼어 놓고 묻던 것이다.

계봉이와 마찬가지로 승재도 초봉이에게 대한 불길한 예감이 들기는 했으나 그러고도 현장으로 덮어놓고 달려 들어가지 않고서 우선 밖에서 정황을 물어 보고 하는 것이 제법 계봉이보다 침착하게 군 소치더냐 하면 노상 그런 것도 아니요, 오히려 더 당황하여 두서를 차리지 못한 때문이었었다.

식모가 나서서 말대답을 했어야 할 것이지만, 이 낯선 사내사람을 경계하느라 비실비실 몸을 사린다.

승재는 그만두고 이내 그대로 대문 안으로 들어서려는데 그들 중의 단 하나인 사내로 옆집 행랑사람이 그래도 사내라서 텃세하듯,

"당신은 누구슈?"

하고 나선다. 그들은 시방 이 변이 생긴 집에 다시 전에 못 보던 인물이 나타난 것이 새로운 흥미이기도 하던 것이다.

승재는 실상 여기서 물어 보고 무엇 하고 할 게 없는 걸 그랬느니라고 생각이 든 참이라 인제는 대거리하기도 오히려 긴찮아 겨우 고개만 돌린다.

"혹시 관청에서 오시나요?"

그 사내는 가까이 오면서 먼저 같은 시비조가 아니고 말과 음성이 공순해서 묻는다.

관청에서 왔느냔 말은 순사냐는 그네들의 일종 존대옛말이다. 검정 양복에 아무튼 민 거나마 누렁 단추를 달았고, 하니 칼만 풀어 놓고 정모 대신 여느 사포를 쓴 순사거니, 혹시 별순검인지도 몰라, 이렇게 여긴대도 그들은 저희들이 방금 길 복판에다가 구루마를 놓았다거나, 술 취해 야료를 부렸다거나 하지 않은 이상 순사 아닌 사람을 순사로 에누리해 보았은들, 하나도 본전 밑질 흥정은 아닌 것이다.

승재는 관청 운운의 그 어휘는 몰랐어도, 아무려나 면서기도 채 아닌 것은 사실인지라, 아니라면서 고개를 흔든다.

"네에! 그럼 이 집허구 알음이 있으슈?"

그 사내는 뒷짐을 지고 서면서 제법 점잖이 이야기를 하잔다.

"네, 한고향이구……."

"네에, 그렇거들랑 어서 들어가 보슈…… 아마 이 집에서 사람이 상했다 봅디다!"

"예? 사람이? 사람이 상했어요?"

승재는 맨처음 제가 짐작했던 것은 어디다 두고, 뒤삐 어지게 후닥닥 놀라서 들이 허둥지둥 야단이 난다.

단걸음에 안으로 뛰어들어가야 하겠는데 뛰어들어갈 생각은 생각대로 급한데, 그러자 비로소 제가 의사라는 걸, 의사이기는 하되 청진기 한 개 갖지 못한 걸 깨닫고 놀라, 자 이걸 어떡할까, 병원으로 자동차를 몰고 가서 채비를 차려 가지고 와야지, 아아니 상한 사람은 그새 동안 어떡하라구, 그러면 그대로 들어가 보아야겠군, 아 아니 이 사람더러 아무 병원이라도 달려가서 아무 의사 든지 청해 오게 할까, 아아니 그럴 게 아니라 가만있자 어떡하나 어떡할꼬……

이렇게 당황해서 얼른 이러지도 못 하고 저러지도 못 하고 둘레둘레 허겁지겁 사뭇 액체라도 지릴 듯이 쩔쩔 매기만 하고 있다. 그리고, 시방 사람이 상했다고 한 그 상했단 소리는 말뜻대로만 해석해 부상(負傷)인 줄만 알 고 있던 것이다.

그 사내는 남의 속도 몰라주고 늘어지게,

"네에, 분명 상했어요, 분명……."

하다가 식모를 힐끔 돌아보면서,

"…… 이 집 바깥양반이 아마 분명……."

"네, 바깥양반이, 그이 부인을, 말이지요?"

승재가 숨가쁘게 묻는 말을 그 사내는 천천히 고개를 흔들면서,

"아아니죠!…… 이 집 아낙네가, 이 집 바깥양반을……."

"네에!"

"바깥양반을 굳혔어요!"

"어!"

짧게 지르는 소리도 다 못 맺고 긴장이 타악 풀어지면서, 승재는 마치 선잠 깬 사람처럼 입안엣말로 중얼거리듯,

"……다친 게 아니구? 응…… 이 집 부인이 다친 게 아니구…… 바깥양반이…… 죽 죽었……?"

"네에! 아마 그랬나 봐요! 자센 몰라두 분명 그런가 봅니다……."

승재는 멀거니 눈만 끄먹거리고 섰다.

가령 초봉이가 자살을 했다든지, 또 처음 알아들은 대로 장형보한테 초봉이가 다쳤다든지 그랬다면 놀라운 중에도 일변 있음직한 일이라서 한편으로 고개가 끄덕거려질 수도 있을 노릇이다. 그러나 천만 뜻밖이지, 초봉이가 장형보를 죽이다니, 도무지 영문을 모를 소리던 것이다.

잠깐 만에 승재가 정신을 차려 안으로 달려들어가자

바깥에 모인 세 남녀는 하품을 씹으면서 다시금 귀를 긴장시킨다.

18. 내보살 외야차(內菩薩外夜叉)

조금 돌이켜 여덟시가 되어서다.

초봉이는 송희가 잠든 새를 타서 잠깐 저자에 다녀오려고, 여러 날째 손도 안 댄 머리를 빗는다, 나들이옷을 갈아입는다 하고 있었다.

윗목 책상 앞으로 앉아 수형조각을 뒤적거리던 형보가 아까부터 힐끔힐끔 곁눈질이 잦더니 마침내,

"어디 출입이 이대지 바쁘신구?"

하면서 참견을 하잔다. 제가 없는 틈에 나다니는 것은 못 막지만, 눈으로 보면 으레 말썽을 하려고 들고 더욱이 밤출입이라면 생 비상으로 싫어한다.

"여편네라껀 밤 이실을 자주 맞어선 못쓰는 법인데! 꿍."

형보는 초봉이가 대거리도 안 해주니깐 영락없이 그놈 뱀모가지를 쳐들어 비위를 긁는다.

초봉이는 뒤저릴 일이 없지 않아 처음은 속이 뜨끔했으나 새침한 채 종시 거듭떠보지도 않고, 마악 나갈 채비로 송희를 한번 더 싸주고 다독거려 주고 하고 나서 돌아선다.

형보는 뽀루루 앞문 앞으로 가로막고 앉아, 고개를 발딱 젖히고 올려다보면서,

"어디 가? 어디?"

"살 게 있어서 나가는데 어쨌다구 안달이야? 안달이."

"인 줘, 내가 사다 주께?"

형보는 제가 되레 누그러져 비쭉 웃으면서 손바닥을 궁상으로 내민다.

"일없어!"

"그러지 말구!"

"이게 왜 이 모양이야!…… 안 비낄 테냐?"

"어멈을 시키던지?"

"안 비껴?"

초봉이는 소리를 버럭 지르면서 형보의 등감을 내지르려고 발길을 들먹들먹 아랫입술을 문다.

"제에밀!"

형보는 못 이기는 체 두덜거리면서 비켜 앉는다. 그는

지지 않을 어거지와 자신이 없는 것은 아니나, 그러나 초봉이를 위하여 짐짓 져준다. 되도록이면 제 불편이나 제 성미는 참아 가면서 억제해 가면서 마주 극성을 부리지 말아서, 그렇게마다 초봉이를 마음 편안하게 해주고 싶은 정성, 진실로 거짓 아닌 정성이던 것이다. 그것이 물론 '뱀'의 정성인 데는 갈데없기야 하지만…….

"난 모르네! 어린년 깨애서 울어두?"

"어린애만 울렸다 봐라! 배지를 갈라 놀 테니."

초봉이는 송희를 또 한번 돌려다보고, 치맛자락을 휩쓸면서 마루로 나간다.

"제에밀! 장형보 배진 터져두 쌓는다!…… 아무튼 꼭 이십 분 안에 다녀와야만 하네?"

"영영 안 들올걸!"

"흥! 담보물은 어떡허구?"

형보는 입을 삐쭉하면서 아랫목의 송희를 만족히 건너다본다.

옛날에 한 사람이 있었다. 계집이 젖 먹는 자식을 버리고 간부와 배맞아 도망을 갔다. 어린것은 어미를 찾고 보채다가 꼬치꼬치 말라죽었다. 사내는 어린것의 시체를 ×를 갈라, 소금에 절여서 자반을 만들었다. 그놈을 크막

한 자물쇠 한 개와 얼러, 보따리에 싸서 짊어지고 계집을 찾아나섰다. 열두 해 만에 드디어 만났다. 사내는 계집의 젖통을 구멍을 푹 뚫고 자식의 자반시체를 자물쇠로 딸꼭 채워 주면서, 옜다, 인제는 젖 실컷 먹어라, 하고 돌아섰다.

형보는 고담을 한다면서, 이 이야기를 그새 몇 번이고 초봉이더러 했었다. 그런 족족 초봉이는 입술이 새파랗게 죽고, 듣다 못해 귀를 틀어막곤 했다.

그럴라치면 형보는 못 본 체 시치미를 떼고 앉았다가 더 큰 소리로,

"자식을 업구 도망가지?"

해놓고는, 그 말을 제가 냉큼 받아,

"그러거들랑 아따, 자식을 산 채루…… 에미 젖통에다가 자물쇠루 채워 주지? 흥!"

초봉이는 이것이 노상 엄포만이 아니요, 형보가 족히 그 짓을 할 줄로 알고 있다.

그는 송희를 내버리고 도망할 생각이야 애당초에 먹지를 않지만, 하니 데리고나마 도망함직한 것도, 그 때문에 뒤를 내어 생심을 못 하던 것이다.

형보는 초봉이의 그러한 속을 잘 알고 있고, 그러니까

그가 도망 갈 염려는 않는다.

형보는 일반 사내들이, 제 계집의 나들이 (그 중에도 밤출입을) 덮어놓고 기하는 그런 공통된 '본능' 이외에 또 한 가지의 독특한 기호를 이 '밤의 수캐'는 가지고 있으니, 전등불 밑에서는 반드시 초봉이를 지키고 앉았어야만 마음이 푸지고 좋고 하지 그러질 못하면 공연히 짜증이 나고 짜증이 심하면 광기가 일고 한다. 그래 시방도 일껏 도량 있이 내보내 주기는 하고서도, 막상 초봉이가 눈에 안 보이고 하니까는 아니나다를까 슬그머니 심정이 부풀어오르기 시작했다. 더구나 영영 안 들어올걸 하고 쏘아붙이던 소리가 아예 불길스런 압박을 주어, 단단히 심청이 부풀어 올라가던 것이었다.

초봉이는 동관 파주개에서 바로 길 옆의 양약국에 들러 항용 ×××라고 부르는 '염산×××' 한 병을 오백 그램짜리째 통으로 샀다. 교갑도 넉넉 백 개나 샀다.

드디어 사약(死藥)을 장만하던 것이다.

오늘 아침 초봉이는 그렇듯 형보를 갖다가 처치할 생각을 얻었고, 그것은 즉 초봉이 제 자신의 '자살의 서광(曙光)'이었었다.

형보 때문에, 형보가 징그럽고 무섭고 그리고 정력에

부대끼고 해서 살 수가 없이 된 초봉이는 마치 차일귀신한테 덮친 것과 같았다.

차일귀신은 처음 콩알만하던 것이 주먹만했다가 강아지만했다가 송아지만했다가 쌀뒤주만했다가 이렇게 자꾸만 커가다가 마침내 차일처럼 휙하니 펴져 사람을 덮어씌우고 잡아먹는다.

초봉이는 시방 그런 차일귀신한테 덮치어, 깜깜한 그 속에서 기력도 희망도 다 잃어버리고, 생명은 각각으로 눌려 찌부러들기만 했다. 방금 숨이 막혀 오고 그러하되 아무리 해도 벗어날 길은 없었다.

이렇게 거진 죽어 가는 초봉이는 그러므로 생명이란 건 한갓 무서운 고통일 뿐이지 아무것도 아니었다. 따라서 해방과 안식이 약속된 죽음이나 동경하지 않질 못하던 것이다.

그리하여 차라리 죽음을 자취하자던 초봉인데, 그런데 막상 죽자고를 하고서 본즉은, 그것 역시 형보로 인해 또한 뜻대로 할 수가 없게끔 억색한 사정이 앞을 막았다. 송희며 계봉이며의 위협이 뒤에 처지기 때문이다.

그렇기 때문에 초봉이가 절박하게 필요한 제 자신의 자살에 방해가 되는 형보를 처치하는 것은, 자살을 할 그 목적을 이루기 위한 한 개의 수단, 진실로 수단이요, 이 수단에 의한 자살이라야만 가장 완전하고 의의 있는 자살일 수가 있던 것이다.

이것이 일시 절망되던 자살이 서광을 발견한 경위다. 독단이요, 운산(運算)390)은 맞았는데 답(쏡)은 안 맞는 산술이다. 아마 식(式)이 틀린 모양이었었다.

계집의 좁은 소견이라 하겠으나, 그건 남이 옆에서 보고 하는 소리요, 당자는 맞았는지 틀렸는지 알 턱도 없고 상관도 없이 그 답을 가지고서 곧장 제이단으로 넘어 들어간 지 이미 오래다. 오늘 아침에 산술을 풀었는데 시방은 저녁이요, 벌써 사약으로 ×××까지 샀으니 말이다.

물론 이 ×××이라는 약품이 형보의 목숨을 (초봉이 제 자신이 자살하는 데 쓰일 긴한 도구인 형보의 그 목숨을) 처치하기에는 그리 적당치 못한 것인 줄이야 초봉이도 잘 안다. 형보를 굳히자면 사실 분량이 극히 적어서 저 몰래 먹이기가 편해야 하고, 그러하고도 효과는 적실하고 빨리 나타나 주는 걸로, 그러니까 저 '××가리' 같

---

390) 연산.

은 맹렬한 극약이라야만 할 터였었다.

초봉이는 그래서 '××가리'를 구하려고, 오늘 종일토록 실상은 그 궁리에 골몰했었다. 그러나 결국 시원칠 못했다.

무서운 극약이라, 간대도 사진 못할 것이고 한즉 S의사의 병원에서든지, 또 하다못해 박제호에게 어름어름 접근을 해서든지 몰래 훔쳐 내는 수밖에 없는데, 그러자니 그게 조만이 없는 노릇이었었다. 그래서 아무려나 우선 허허실수로, 일변 또 마음만이라도 든직하라고 이 ×××이나마 사다가 두어 보자던 것이다.

×××이라면, 재작년 송희를 잉태했을 적에 ××를 시키려고 먹어본 경험이 있는 약이라, 얼마큼 효과를 믿기는 한다.

그때에 교갑으로 열 개를 먹고서 거진 다 죽었으니까, 듬뿍 서른 개면 족하리라 했다.

초봉이 저는 그러므로 그놈이면 좋고, 또 그뿐 아니라 다급하면 양잿물이 없나, 대들보에 밧줄이 없나, 하니 아무거라도 다 좋았다.

하고, 도시 문제는 형보다.

교갑으로 서른 개라면 한 주먹이 넘는다. 너댓 번에

저질러야 다 삼켜질지 말지 하다. 그런 걸 제법 형보게다가 저 몰래 먹인다는 게 도저히 안 될 말이다.

혹시 좋은 약이라고 사알살 돌라서나 먹인다지만 구렁이가 다 된 형본 것을 그리 문문하게 속아 떨어질 이치가 없다. 반년이고 일년이고 두고 고분고분해서 방심을 시킨 뒤에 거사를 한다면 그럴 법은 하지만, 대체 그 짓을 어떻게 하고 견디며, 또 하루 한시가 꿈만한 걸 잔뜩 청처짐하고 있기도 못 할 노릇이다.

그러므로, 아무리 해도 이 ×××은 정작이 아니요 여벌감이다. 여벌감이고, 정작은 앞으로 달리 서둘러서 '××가리'나 그게 아니면 '×××'이라도 구해 볼 것, 그러나 만약 그도저도 안 되거드면 할 수 있나, 뭐 부엌에 날카로운 식칼이 있겠다 하니 그놈으로, 잠든 틈에…… 몸을 떨면서도 이렇게 안심은 해두던 것이다.

외보살 내야차(外菩薩內夜叉)라고 하거니와 곡절은 어떠했든 저렇듯 애련한 계집이, 왈 남편이라는 인간 하나를 굳히려 사약을 사서 들고 만인에 섞여 장안의 한복판을 어엿이 걷는 줄이야 당자 저도 실상은 잊었거든, 하물며 남이 어찌 짐작인들 할 것인고.

초봉이는 볼일을 보았으니 이내 돌아갔을 테로되, 이

십 분 안에 들어오라던 소리가 미워서 어겨서라도 더 충그릴 판이다. 충그려도 송희가 한 시간이나 그 안에는 깨지 않을 터여서 안심이다. 그런데 마침 또, 오월의 밤이 좋으니 이대로 돌아다니고 싶기도 하고.

가벼운 옷으로 스며드는 야기(夜氣)가 무어라고 형용할 수 없이 홑입맛이 당기게 살을 건드려 주어 자꾸자꾸 훠얼훨 걸어다녀야만 배길 것 같다. 자주 바깥바람을 쐬는 사람한테도 매력 있는 밤인 걸, 반 감금살이를 하는 초봉이게야 반갑지 않을 리가 없던 것이다.

불빛 은은한 포도 위로 사람의 떼가 마치 한가한 물줄기처럼 밀려오고 이짝에서도 밀려가고 수없이 엇갈리는 사이를 초봉이는 호젓하게 종로 네거리로 향해 천천히 걷고 있다.

가도록 황홀한 밤임에는 다름없었다. 그러나 오가는 사람들을 무심코 유심히 보면서 지나치는 동안 초봉이의 마음은 좋은 밤의 매력도 잊어버리고 차차로 어두워 오기 시작했다.

보이느니 매양 즐거운 얼굴들이지 저처럼 액색하게 목숨이 밭아 가는 사람은 하나도 없는 성불렀다.

하다가 필경 공원 앞까지 겨우 와서다.

송희보다 조금 더 클까 한 아기 하나를 양편으로 손을 붙들어 배착배착 걸려 가지고 오면서 서로가 들여다보고는 웃고 좋아하고 하는 한 쌍의 젊은 부부와 쭈쩍 마주쳤다.

어떻게도 그 거동이 탐탁하고 부럽던지, 초봉이는 그대로 땅바닥에 가 펄쩍 주저앉아 울고 싶은 것을, 겨우 지나쳐 보내고 돌아서서 다시 우두커니 바라다본다. 보고 섰는 동안에 생시가 꿈으로 바뀐다. 남자는 승재요, 여자는 초봉이 저요, 둘 사이에 매달려 배틀거리면서 간지게 걸음마를 하고 가는 아기는 송희요…….

번연한 생시건만, 초봉이는 제가 남이 되어 남이 저인 양 넋을 잃고 서서 눈은 환영을 쫓는다.

초봉이는 집에서도 늘 이러한 꿈 아닌 꿈을 먹고 산다. 송희를 사이에 두고 승재와 즐기는 단란한 가정.

물론 그것은 꿈이었지, 산 희망은 감히 없다. 마치 외로운 과부가 결혼사진을 꺼내 놓고 보는 정상과 같아, 추억의 세계로 물러갈 수는 있어도 추억을 여기에다 살려 놓을 능력은 없음과 일반인 것이다.

일찍이 초봉이는 제호와 살 적만 해도 승재에게 대한 여망을 통히 버리진 않았었다. 흠집난 몸이거니 하면 민망은 했어도 그래도 승재가 거두어 주기를 은연중 바랐고, 인제 어쩌면 그게 오려니 싶어 저도 모르게 기다렸고, 하던 것이 필경 형보한테 덮치어 심신이 다 같이 시들어 버린 후로야 그런 생심을 할 기력을 잃는 동시에, 일변 승재는 저를 다 잊고 이 세상 사람으로 치지도 않겠거니 하여 아주 단념을 했었다. 그리고서 임의로운 그 꿈을 가졌다.

계봉이가 그때그때의 소식은 들려주었다. 의사면허를 탄 줄도, 오래잖아 서울다가 개업을 하는 줄도 알았다. 그런 것이 모두 꿈을 윤기 있게 해주는 양식이었었다.

계봉이와 사이가 어떠한가 하고 몇 번 눈치를 떠보았다. 그 둘이 결혼을 했으면 좋을 생각이던 것이다. 하기야 처음에 저와 그랬었고 그랬다가 제가 퇴를 했고, 시방은 꿈속의 그이로 모시고 있고, 그러면서 그 사람과 동생이 결혼하기를 바라는 것이 일변 마음에 죄스럽지 않은 것은 아니었었다. 그러나 그러고저러고 간에 계봉이의 태도가 범연하여 동무 이상 아무것도 아닌 성싶었고, 해서 더욱 마음놓고 그 꿈을 즐길 수가 있었다.

아까 계봉이가 승재더러 한 말은 이 눈치를 본 소린데, 의뭉쟁이가 저는 시치미를 떼고 형의 속만 뽑아 보았던 것이다. 물론 알다가 미처 못 안 소리지만, 아무려나 초봉이 저 혼자는 희망 없는 한 조각 빈 꿈일 값에, 만약 승재가 아직까지도 저를 약시약시하고 있는 줄을 안다면 그때는 죽었던 그 희망이 소생되기가 십상일 것이었었다. 뿐 아니라 그의 시들어 빠진 인생의 정기도 기운차게 살아날 것이었었다.

사람의 왕래가 밴 공원 앞 행길 한복판에 가서 넋을 놓고 섰던 초봉이는 얼마 만에야 겨우 정신이 들었다. 정신이 들자 막혔던 한숨이 소스라치게 터져 오르면서 이어 기운이 차악 까라진다.

인제는 더 거닐고 무엇 하고 할 신명도 안 나고, 일껏 좀 마음 편하게 즐기쟀던 좋은 밤이 고만 쓸데없고 말았다.

처음 요량에는 종로 네거리까지 바람만 바람만 밟아 가서, 계봉이가 있는 ××백화점에 들러 천천히 한바퀴 돌아보고, 그러다가 시간이 되어 파하거든 계봉이를 데리고 같이 오려니, 오다가는 아무거나 먹음직한 걸로 밤참이라도 시켜 가지고 오려니, 이랬던 것인데 공골시 생각잖은 마가 붙어 흥이 떨어지매 이것이고 저것이고 다 내키지 않고 지옥 같아도 할 수 없는 노릇이요, 차라리 어서 집으로 가서 드러눕고 싶기만 했다.

그래도 미망이 없진 못해 잠깐 망설였으나, 이내 호오 한숨을 한번 더 내쉬고는 돌아섰던 채, 오던 길을 맥없이 걸어간다.

걸어가면서 생각이다.

숲속에 섞여 선 한 그루 조그마한 나무랄까, 풀언덕에 같이 자란 한 포기 이름 없는 풀이랄까, 명색도 없거니와 아무 시비도 없는 내가 아니더냐.

우뚝 솟을 것도 없고 번화하게 피어날 며리도 없고 다못 남과 한가지로 남의 틈에 섭쓸려 남을 해하지도 말고, 남의 해도 입지 말고, 말썽없이 바스락 소리 없이 살아갈 내가 아니더냐.

내가 언제 우난 행복이며 두드러진 호강을 바랐더냐. 내가 잘되자고 남을 음해했더냐. 부모며 동기간이며 자식한테며 불량한 마음인들 먹었더냐.

마음이 모진 바도 아니요 신분이 유난스런 것도 아니요, 소리 없는 나무, 이름 없는 풀포기가 아니더냐. 그렇건만 그 사나운 풍파며 이 불측한 박해가 어인 것이란 말이냐.

이 약병은 무엇을 하자는 것이냐. 인명을 굳혀서까지 내 목숨을 자결하자는 것이 아니냐.

내가 어쩌다 이렇듯 무서운 독부가 되었단 말이냐. 이것이 환장이 아니고 무엇이냐. 이 노릇을 어찌하잔 말이냐. 이러한 것을 일러 운명이란다면 그도 하릴없다 하려니와, 아무리 야속한 운명이기로서니 너무도 악착하지 않으냐.

운명! 운명! 그래도 이 노릇을 어찌하잔 말이냐.

소리를 부르짖어 울고 싶은 것이, 더운 눈물만 두 볼을 좌르르 흘러내린다. 눈물에 놀라 좌우를 살피니 어둔 동관의 폭만 넓은 길이다.

아무렇게나 소매를 들어 눈물을 씻으면서 얼마 안 남은 길을 종내 시름없이 걸어올라간다.

희미한 가등에 비춰 보니 팔목시계가 여덟시하고 사십 분이나 되었다. 그럭저럭 사십 분을 넘겨 밖에서 충그린 셈이다. 꼭 이십 분 안에 다녀오라던 시간보다 곱쟁이가 되었거니 해도 그게 그다지 속이 후련한 것도 모르겠었다.

큰길을 다 올라와서 골목으로 들어설 때다.

무심코 마악 들어서는데 갑자기 어린애 우는 소리가 까무러치듯 울려 나왔다.

송희의 울음 소린 것은 갈데없고, 깜짝 놀라면서 반사적으로 움칫 멈춰 서던 것도 일순간, 꼬꾸라질 듯 대문을 향해 쫓아들어간다.

아이가 벌써 제풀로 잠이 깰 시간도 아니요, 또 깼다고 하더라도 울면 칭얼거리고 울었지 저렇게 사뭇 기절해 울 이치도 없다. 분명코 이놈 장가놈이 내게다가 못 한 앙심풀이를 어린애한테다 하는구나!

급한 중에도 이런 생각이 퍼뜩퍼뜩, 그러나 몸은 몸대로 바쁘다. 골목이라야 바로 몇 걸음 안 되는 상거요, 길로 난 안방의 드높은 서창이 마주보여, 한데 아이의 울음 소리가 어떻게도 다급한지 마음 같아서는 단박 창을 떠받고 뛰어들어갈 것 같았다.

지친 대문을, 안 중문을, 마당을, 마루를, 어떻게 박차고 넘어 뛰고 해 들어왔는지 모른다.

안방 윗미닫이를 벼락 치듯 열어 젖히는 순간 아니나 다를까 두 눈이 벌컥 뒤집어진다.

짐작이야 못 했던 바 아니지만 너무도 분이 치받치는 장면이었었다.

마치 고깃감으로 사온 닭의 새끼나 다루듯, 형보는 송희의 두 발목을 한 손으로 움켜 거꾸로 도동동 쳐들고 섰다. 송희는 새파랗게 다 죽어, 손을 허우적거리면서 숨이 넘어가게 운다.

형보는 초봉이가 나가고, 나간 뒤에 이십 분이 넘어 삼십 분이 지나 사십 분이 거진 되어도 들어오질 않으니까, 그놈 불안과 짜증이 차차로 더해 가고 해서 시방 어미가 들어오기만 들어오면 아까 나갈 제, 어린애를 울렸다 보아라 배지를 갈라 놀 테니, 하던 앙칼진 그 소리까지 밉살스럽다고 우정 보아란 듯이 새끼를 집어 동댕이를 쳐주려고 잔뜩 벼르는 판인데, 이건 또 누가 이쁘달까 봐 제가 제풀로 발딱 깨서는 들입다 귀따갑게 울어 대지를 않느냔 말이다.

이참저참 해서 '밤의 수캐'는 드디어 제 성깔이 나고 말았다.

울기는 이래도 울고 저래도 울고 성화 먹기야 매일반이니, 화풀이삼아 언제까지고 이렇게 거꾸로 들었다 놓았다 하면서 어미한테다 기어코 요 꼴을 보여 줄 심술이었었다. 그랬기 때문에 초봉이가 달려드는 기척을 알고서도 짐짓 그 모양을 한 채로 서서 있었던 것이다.

악이 복받친 초봉이는 기색해 가는 아이를 구할 것도 잊어버리고 푸르르 몸을 떨면서 집어 삼킬 듯 형보를 노리고 섰다.

이윽고 형보는 초봉이게로 힐끔 눈을 흘기고는,

"배라먹을 것! 사람 귀가 따가워……."

씹어 뱉으면서 아이를 저 자던 자리에다가 내던져 버린다.

"이잇 천하에!"

초봉이는 아드득 한마디 부르짖으면서 새끼 샘에 성난 암펌같이 사납게 달려들다가 마침 돌아서는 형보를, 되는 대로 아랫배를 겨누어 꿰어지라고 발길로 내지른다.

역시 암펌같이 모진 그리고 날쌘 일격이었으나, 실상 겨누던 배가 아니고 어디껜지 발바닥이 칵 막히는데 저편에서는 의외에도 모질게 어이쿠 소리와 연달아 두 손으로 사타구니를 우디고 뱅뱅 두어 바퀴 맴을 돌다가 그대로 나가동그라진다.

엇나간 겨냥이 도리어 좋게 당처를 들이 찼던 것이고 당한 형보로 보면 불의의 습격이라 도시에 피할 겨를이 없었던 것이다.

방바닥에 나가동그라진 형보는 두 손으로 ×××께를 움킨 채 악악 소리나 아니나 무령하게 물 먹는 메기처럼 입을 딱딱 벌리면서 보깬다. 눈은 흰창이 뒤집어지고 방금 숨이 넘어가는 시늉이다.

죽으려고 헤번득거리는 것을 본 초봉이는 가슴이 서늘

하면서 몸이 떨렸다.

겁결에 얼핏 물이라도 먹이고 주물러라도 주어야지, 아아니 의사라도 불러 대어 살려 놓아야지 하면서 마음 다급해하는데 순간, 마치 뜨거운 물을 좌왁 끼얹는 듯 머릿속이 화끈하니 치달아 오르는 게 있었다.

'옳아! 죽여야지!'

소리는 안 냈어도 보다 더 살기스런 포효다.

죽으려고 납뛰는 것을 보고 겁이 나서 살려 놓자던 저를 혀 한번 찰 경황도 없었다. 경황이 없기보다도 잊어버렸기가 쉬우리라.

이 순간의 초봉이의 얼굴을 누가 보았다면 벌겋게 상기된 채 씰룩거리는 안면 근육이며 모가지의 푸른 핏대며 독기가 딩경딩경 듣는 눈이며, 분명코 육식류의 야수를 연상하고 몸을 떨지 않질 못했을 것이다.

"아이구우, 사람 죽는다아!"

형보는 그새 아픔이 신간했던지, 떠나가게 게목을 지른다.

초봉이는 깜짝 놀라 입술을 깨물고 와락 달려들어 형보가 우디고 있는 ×××께를 겨누고 힘껏 걷어찬다. 정통이 거기라는 것은 형보 제가 처음부터 우디고 있기 때문에 안 것이요, 하니 방법은 당자 제 자신이 가르쳐 준 셈쯤 되었다.

마음먹고 차는 것이건만 이번에는 곧잘 정통으로 들어 가질 않는다. 세 번 걷어찼는데 겨우 한 번 올바로 닿기는 했어도 형보의 손이 가리어 효과가 없고 말았다. 그럴 뿐 아니라 형보는 겨냥 들어오는 데가 거긴 줄 알아채고서 두 손으로 잔뜩 가리고 다리를 꼬아붙이고 그러고도 몸을 요리조리 가눈다. 인제는 암만 걷어질러야 위로 헛나가기 아니면 애먼 볼기짝이나 차이고 말지 정통에는 빈틈이 나지 않는다.

――아이구우, 이년이 날 죽이네에!

――아이구 아야 아이구 아야――

――아이구우 이년이 사람 막 죽이네에!

――아이구 아이구 아이구!

――아이구우 날 잡아먹어라――

형보는 초봉이가 한번씩 발길질을 하는 족족, 발길질이라야 헛나가기 아니면 아프지도 않은 것을 멀쩡하니 딩굴면서 돼지 생멱 따는 소리로 소리소리 게목을 질러 댄다.

×××× 차인 것도 인제는 안 아프고 번연히 흉포를 떠

느라 엄살인 것이다.

형보는 조금치라도 초봉이에게서 살의를 거니채지는 못했다. 그러나 제가 송희를 가지고 한 소행은 있겠다, 한데 초봉이가 전에 없이 미칠 듯 날뛰니까 달리 겁이 슬그머니 났었다.

그새까지는 악이 바치면은 등감이나 한번 쥐어박지르고 욕이나 해퍼붓고 이내 그만두었지 그다지 기승스럽게 대드는 법이 없었다.

본시 뒤가 무른 형보는, 그래서 생각에, 저년이 이번에는 아마 단단히 독이 오른 모양이니 마주 성구거나 잘못 건드렸다가는 제 분에 못 이겨 양잿물이라도 집어삼킬는지 모른다. 아예 그렇다면 맞서지를 말고 엄살이나 해가면서 제 분이 풀리라고, 때리면 맞는 시늉, 걷어차면 차이는 시늉 해주는 게 옳겠다, 차여 준대야 맨처음의 ×××는 멋도 모르고 차인 것, 인제는 제까짓것 계집년이 참새다리 같은 걸로 발길질을 골백번 한들 소용 있더냐! 엉덩판이나 허벅다리 좀 차였다고 골병들 리 없고, 요렇게 ×××만 잘 싸고 피하면 고만이지, 이렇대서 시방 앞뒤 요량 다 된 줄로 든든히 배짱 내밀고 구렁이 같은 의뭉을 피우던 것이다.

초봉이는 발길질에 차차로 기운이 팡져 오는데, 형보는 일변 도로 멀쩡해지는 걸 보니 마음이 다뿍 초조해서, 이를 어찌하나 싶어 안타까워할 즈음 요행히 꾀 하나가 언뜻 들었다.

그는 여태까지 형보가 누워 있는 몸뚱이와 길이로만 서서 샅을 겨누어 발길질을 하던 것을 고만두는 체 슬쩍 비키다가 와락 옆으로 다가서면서 날쎄게 발꿈치를 들어 칵 내리 제긴다.

"어이쿠, 아이구우."

형보는 ×××두덩을 한 손만 옮겨다가 우디면서 옳게 아파한다.

"아이구우 사람 죽네에!"

형보는 여전히 게목을 지르면서 몸을 요리조리 바워 내고, 초봉이는 따라가면서 옆을 잃지 않고 제긴다.

그러다가 한번, 정통과는 겨냥이 턱없이 빗나갔고 훨씬 위로 배꼽 밑인 듯한데, 칵 내리 제기는 발꿈치가 물씬하자 단박,

"어억!"

소리도 미처 못 맺고 자리를 우디려 올라오던 팔도 풀기 없이 방바닥으로 내려진다. 아까 맨 먼저 ×××를

차이고 나가동그라질 때보다 더하다. 차인 자리는 형보고 초봉이고 다 같이 생각지도 알지도 못하는 배꼽 밑의 급처이던 것이다.

형보는 숭업게 눈창을 뒤집어쓰고 입을 떠억 벌린 채 거진 사족이 뻐드러져서 꼼짝도 않는다. 숨도 쉬는 것 같지 않고 입가로 게거품이 피어오른다.

"오오냐!"

기운이 버쩍 솟은 초봉이는 이를 보드득 갈아 붙이면서 맞창이라도 나라고 형보를 아랫배를 내리 칵칵 제긴다. 하나 둘 세엣 너히, 수없이 대고 제긴다. 다아섯 여어섯 이일곱 여어덟…….

얼마를 그랬는지 정신은 물론 없고, 펄럭거리면서 발꿈치 방아를 찧는데 어찌어찌 하다가 내려다보니 형보는 네 활개를 쭈욱 뻗고 누워 움칫도 않는다. 숨도 안 쉬고 눈도 많이 감았다.

초봉이는 비로소 형보가 죽은 줄로 알았다. 죽은 줄을 알고 발길질을 멈추고는 허얼헐 가쁜 숨을 쉬면서, 발밑에 뻐드러진 형보의 시신을 들여다본다.

이 초봉이의 형용은 거기 굴려져 있는 송장 그것보다도 더 숭어운 꼴이다.

긴 머리채가 앞뒤로 흐트러져 얼굴에도 그득 드리웠다. 얼굴에 드리운 머리칼 사이로 시뻘겋게 충혈된 눈이 무섭게 번득인다. 깨문 입술은 흐르는 피가 검붉다. 매무시[391])가 흘러내려 흰 허리통이 징그럽게 드러났다. 가삐 쉬는 숨길마다, 드러난 그 허리통이 쥐노는 고깃덩이같이 들먹거린다.

초봉이는 시방 완전히 통제를 잃어버린 '생리'다.

머리가 눈을 가리거나 매무시가 흘러 허리통이 나온 것쯤 상관도 않거니와, 실상 상관 이전이어서 알기부터 못 하고 있다. 암만 숨이 가빠야 저는 가쁜 줄을 모른다. 송희가 들이 울어도 뒹굴어도 안 들린다. 동네가 발끈한 것도 모른다.

다 모른다. 모르고 형보가 이렇게 발밑에 나가동그라져 죽은 것, 오로지 그것만이 눈에 보일 따름이다.

감각만 그렇듯 외딴 것이 아니라 의식도 또한 중간의 한 토막뿐이다. 그의 의식은 과거와도 뚝 잘리고, 미래와도 뚝 끊기어 앞서 일도 뒤엣일도 죄다 잊어버렸다. 잊어버리고서 역시 형보가 시방――당장 시방――거기 발밑

391) 옷을 입을 때 매고 여미는 따위의 뒷단속. 옷맵시. 옷매무시.

에 나가동그라져 죽은 것, 단지 그것만을 안다. 그것은 흡사 곁가지를 후리고 위아래 동강을 쳐낸 가운데 토막만 갖다가 유리단지의 알콜에 담가 놓은 실험실의 신경이라고나 할는지.

그 끔찍한 모양을 하고 서서 형보의 시신을 끄윽 내려다보던 초봉이는 이윽고 이마와 양미간으로 불평스런 구김살이 분명하게 드러난다.

초봉이는 형보를, 원망과 증오가 사무친 형보를, 또 이미 죽이겠던 형보를 마침내 죽여 놓았고, 그래서 시방 이렇게 죽어 뻐드러졌고, 그러니까 인제는 속이 후련하고 기쁘고 했어야 할 것인데 아직은 그런 생각이 안 나고, 형보가 죽은 것이 도리어 안타까웠다.

원수는 이미 목숨이 없다. 죽었으되 저는 죽은 줄을 모른다. 발길로 차고 제기고 해도 아파하지 않는다.

내 생애를 잡쳐 주었고 갖추갖추 나를 괴롭히던 원수건만 인제는 원한을 풀 데가 없다. 원수는 저렇듯 편안하다. 저 평온! 저 무사! 저 무관심!

초봉이는 이게 안타깝고 그래서 불평이던 것이다.

멈추고 섰던 것은 잠깐 동안이요, 이어 곧 훨씬 더 모질게 발길질을 해댄다.

칵칵 배가 꿰어지라고 내리 제긴다. 발을 번갈아 가면서 제긴다.

만약 이 형보의 배가 맞창이라도 났으면, 이렇게 물씬거리지 말고 내리 구르는 발꿈치가 배창을 꿰뚫고 다시 등짝을 꿰뚫고 따악 방바닥에 가서 야멸치게 맞히기라도 했으면 그것이 대답인 양 초봉이는 속이 후련해했을 것이다. 그러나 암만 기운을 들여서 사납게 제겨야 아파하지도 않고 퍼억퍽 바람 빠진 고무공처럼 물씬거리기만 한다. 마치 그것은 형보가 살아 있을 제 하던 짓처럼 유들유들한 것과 같았다.

끝끝내 반응이 없고, 그게 답답하다 못해 초봉이는 고만 눈물이 쏟아진다.

눈물에 맥이 탁 풀려, 그대로 주저앉으려다가 말고, 문득 방 안을 휘휘 둘러본다. 아무거나 연장이 아쉬웠던 것이다.

이때에 가령 칼이 눈에 띄었다면 칼을 집어 들고서 형보의 시신을 육회 치듯 난도질을 해놓았을 것이다. 또, 몽둥이나 방망이가 있었다면 그놈을 집어 들고서 들이짓바셨을 것이고, 시뻘건 화톳불이 있었다면 그놈을 들어다가 이글이글 덮어씌웠을 것이다.

방 안에는 아무것도 만만한 것이 보이지 않으니까 열려 있는 윗미닫이로 고개를 내밀고 마루를 둘러본다. 바로 문치의 쌀뒤주 앞에 가서 시커먼 맷돌이 묵직하게 포개져 놓인 것이 선뜻 눈에 띄었다.

서슴잖고 우르르 나가 그놈을 위아래짝 한꺼번에 불끈 안아 들고 방으로 달겨든다. 여느때는 한 짝씩만 들재도 힘이 부치는 맷돌이다.

번쩍 턱밑까지 높이 쳐들어 올린 맷돌을, 형보의 가슴패기를 겨누어 앙칼지게 내리 부딪는다.

"떠그럭, 퍽, 떠그럭."

무딘 소리와 한가지로 육중한 맷돌이 등의 곱사혹에 떠받히어 빗밋이 기운 형보의 앙가슴을 으깨고 둔하게 굴러 내린다.

맷돌을 내려치는 바람에 초봉이는 중심을 놓치고 앞으로 형보의 시체 위에 가서 꼬꾸라질 뻔하다가 겨우 몸을 가눈다.

몸을 고쳐 가진 초봉이는 또다시 맷돌을 안아 올리려고 허리를 꾸부리다가, 피 밴 형보의 가슴을 보고서 그대로 멈춘다.

맷돌에 으끄러진 가슴에서 엷은 메리야스 위로 자리

넓게 피가 배어 오른다. 팔을 쭉 편 손끝이 바르르 보일락말락하게 떨다가 만다. 초봉이가 만일 그것까지 보았다면 아직도 설죽은 것으로 알고서 옳다꾸나 다시 무슨 거조를 냈겠는데, 실상은 잡아 놓은 쇠고기에서 쥐가 노는 것과 다름없는 생명 아닌 경련이었었다.

뒤로 고개를 발딱 젖힌 입 한쪽 귀퉁이에서 검붉은 피가 가느다랗게 한 줄기 흐른다.

초봉이는 굽혔던 허리를 펴면서,

"휘유."

깊이 한숨을 내쉰다. 피의 암시로 하여 다시 한번 형보의 죽음을 알았고, 그러자 비로소 그대도록 벅차고 조만찮아했던 거역이 아주 우연하게 이렇듯 수월히 요정이 난 것을 안심하는 한숨이었었다.

따로 놀던 신경이 정리가 되어 감을 따라, 그것은 완연히 초봉이 제 자신의 능력이 아니고 한 개의 기적인 것 같아 경이의 눈으로 이 결과를 내려다보지 않을 수가 없었다.

아닌 게 아니라 오늘 밤 같은 전연 돌발적인 우연한 고패가 아니고서는 아무리 ××가리나 그런 좋은 약품이 있다고 하더라도 초봉이의 맑은 정신을 가지고는 좀처럼 마음 차근차근하게 일 거조를 내지 못했을는지도 모른다.

초봉이는 차차 온전한 제정신이 들고, 정신이 들면서 맨 처음 송희의 우는 소리를 알아들었다.

매우 오랜 동안인 것 같으나, 실상 첫번 형보의 ××× 를 걷어질러 넘어뜨리던 그 순간부터 쳐서 오 분밖에 안 된 시간이다.

초봉이는 얼른 머리카락을 뒤로 걷어 넘기고 허리춤을 추어 올리고 그러고 나서 팔을 벌리고 안겨 드는 송희를 그러안으려고 몸을 꾸부리다가 움칫 놀라 제 손을 끌어당긴다. 이 손이 사람을 굳힌 손이거니 하는 생각이 퍼뜩 들면서 사람을 굳힌 손으로 소중스런 자식을 안기가 송구했던 것이다. 송희는 엄마가 꺼려하는 것이야 상관할 바 없고, 제풀로 안겨들어 벌써 젖꼭지를 문다.

할 수 없는 노릇이고, 초봉이는 송희를 젖 물려 안은 채 처네를 내려다가 형보의 시신을 덮어 버린다. 이것은 송장에 대한 산 사람의 예절과 공포를 같이한 본능일 게다. 그러나 시방 초봉이의 경우는 그렇기보다 어린 송희에게, 아무리 무심한 어린 눈이라고 하더라도 그 눈에 이 끔찍스런 살상의 자취가 보이지 말게 하자는 어머니의 마음일 게다.

초봉이는 이어서 뒷일 수습을 하기 시작한다. 우선 시간을 본다. 아홉시까지는 아직 십오 분이나 남았다. 계봉이가 항용 아홉시 사십분 그 어림해서 돌아오곤 하니 그 준비는 그 동안에 넉넉할 것이었었다.

한 손으로는 송희를 안고 한 손만 놀려 가면서 바지런바지런, 그러나 어디 놀러 나갈 채비라도 차리는 듯 심상하게 서둔다.

아까 사가지고 온 ×××병과 교갑 봉지가 방바닥에 굴러져 있는 것을 집어 건넌방에다 갖다 둔다.

그 다음, 양복장 아래 서랍에 고스란히 들어 있는 송희의 옷을 그대로 담쏙 트렁크에 옮겨 담아 건넌방으로 가져간다.

또 그 다음, 장롱에서 위아랫막이 안팎 새옷을 한 벌 심지어 버선까지 고르게 챙겨 내다가 놓는다.

마지막 방바닥의 너저분한 것을 대강대강 거두어 잡아치우고는 손탯그릇[392)]의 돈지갑을 꺼내서 손에 쥔다.

반지가 백금반진데, 시방 손에 낀 형보가 해준 놈말고 전에 박제호가 해준 놈이 또 한 개, 그리고 사파이어를

---

392) 손태그릇: 간단한 생활 도구나 연장 등을 보관하는 상자. (방언: 전북, 충남)

박은 금반지까지 도통 세 개다. 죄다 찾아내고 뽑고 해서 돈지갑에다가 넣는다.

반지를 뽑고 하노라니까 문득 한숨이 소스라쳐 나온다. 지나간 날 군산서 떠나올 그 밤에 역시 고태수가 해준 반지를 뽑던 생각이 나던 것이다.

어쩌면 한 번도 아니요 두 번째나 이 짓을 하다니, 그것이 심술 사나운 운명의 역력스러운 표적인가 싶기도 했다.

반지 하나 때문에 추억을 자아내어 가슴 하나 가득 여러 가지 회포가 부풀어오른다.

한참이나 넋을 놓고 우두커니 섰다가 터져 나오는 한숨 끝에 중얼거린다.

"그래도 그때 그날 밤에는 살자고 희망을 가졌었지!"

초봉이는 안방을 마지막으로 나오려면서 휘익 한번 둘러본다. 역시 미진한 게 있다면 얼마든지 있겠으나 시방 이 경황중에는 어찌할 수 없는 것들이다.

남색 제병처네를 덮어씌운 형보의 시신 위에 눈이 제 풀로 멎는다. 인제는 꼼지락도 않는 송장, 송장이거니 해야 몸이 쭈뼛하거나 무섭지도 않다.

항용 남들처럼 사람을 해하고 난 그 뒤에 오는 것, 가령 막연한 공포라든지, 순전한 마음의 죄책이라든지, 다시 또 그 뒤에 오는 것으로 받을 법의 형벌이라든지 그런 것은 통히 생각이 나질 않는다. 단지 천행으로 이루어진 이 결과에 대한 만족과, 일변 원수의 무사태평함에 대한 시기(嫉妬)393)와 이 두 가지의 상극된 감정이 서로 번갈아 드나들 따름이다.

이윽고 마루로 나와 미닫이를 닫고 돌아서다가 문득 얼굴을 찡그리면서,

"원수는 외나무다리서 만난다더니! 저승을 가도 같이 가야 하나!"

하고 쓰디쓰게 한마디, 입속말을 씹는다.

미상불 징그럽기도 하려니와 창피스런 깐으로는 작히나 하면 이놈의 집구석에서 약을 먹고 죽을 게 아니라 철도 길목이든지 한강이든지 나갔으면 싶었다.

건넌방으로 건너와서 그 동안 잠이 든 송희를 아랫목으로 내려 뉜다. 뉘면서 송희의 얼굴을 들여다보노라니 비로소 그제야 설움이 솟으라쳐 눈물이 쏟아진다.

설움에 맡겨 언제까지고 울고 싶은 것을 그러나 뒷일이 총총해 못한다. 흘러넘치는 눈물을 씻으며 흘리며,

---

393) 질투.

계봉이의 경대를 다가 놓고 머리를 빗는다. 단장은 했으나 눈물이 자꾸만 망쳐 놓는다. 마지막 새옷을 싸악 갈아입는다. 옷까지 갈아입고 나니 그래도 조금은 기분이 산뜻한 것 같다.

유서를 쓴다. 비회가 붓보다 앞을 서고 또 쓰기로 들면 얼마든지 장황하겠어서 아주 형식적이요 간단하게 부친 정주사와 모친 유씨한테 각각 한 장씩 썼다.

계봉한테는 송희를 갖추갖추 부탁하느라고 좀 자상했다. 승재와 결혼하는 것이 좋겠다는 말도 했다.

유서 석 장을 각각 봉해 가지고 다시 한 봉투에다가 넣어 겉봉을 부주전상백시라고 썼다.

마침 아홉시 반이 되어 온다. 인제 한 십 분이면 계봉이가 오고, 오면은 선 자리에서 송희와 돈지갑과 유서와 트렁크를 내주면서 정거장으로 쫓을 판이다.

모친이 병이 위급하다는 전보가 왔는데, 형보가 의중을 내어 못 내려가게 하니 너 먼저 송희를 데리고 이번 열한점 차로 내려가면, 날라컨 몸 가쁜하게 있다가 눈치 보아 가면서 오늘 밤에 못 가더라도 내일 아침이고 밤이고 몸을 빼쳐 내려가마고, 이렇게 돌릴 요량이다. 유서의 겉봉을 부친한테 한 것도 그러한 의사가 있기 때문이다.

이것은 미리서 계획했던 것이 아니고, 당장 꾸며 댄 의견이다. 그는 계봉이를 송희와 압령해서 그렇게 시골로 내려보내 놓고 최후의 거사를 해야 망정이지, 이 흉악한 살상의 뒤끝을 그 애들한테다가 맡기다니 절대로 불가한 짓이었었다.

사실 그러한 뒷근심이 아니고서야 유서나 머리맡에다 놓아 두고 진작 약그릇을 집어 들었을 것이지 우정 계봉이를 기다리고 있을 것도 없던 것이다.

그러나 막상 '필요'가 그러한 연유로 해서 기다린다 하지만, 사랑하는 동생을 마지막으로 한번 더 상면을 하게 되는 것이, 그것이 초봉이에게는 오히려 뜻이 있고 겸하여 커다란 기쁨이 아닐 수 없었다.

유서까지 써놓았고 하니 준비는 다 된 셈이다.

인제는 계봉이가 돌아올 동안에 교갑에다가 약이나 재자고 ×××병을 앞으로 다가 놓다가, 먹고 죽을 사약이 쓴 걸 가리려는 저 자신이 하도 서글퍼 코웃음을 하면서 도로 밀어 놓는다.

하고 그것보다는 나머지 십 분을 송희의 마지막 엄마 노릇을 할 것이긴 한데 잊어버렸던 것이 대단스러웠다.

그래 마악 책상 앞으로부터 아랫목의 송희에게로 돌아

앉으려고 하는데 그때 마침 계봉이가 우당퉁탕 황급히 언니를 불러 외치면서 달려들었던 것이다.

달려드는 계봉이는 미처 방으로 들어가지도 못하고 마루로 난 샛문턱에 우뚝, 사라질 듯 목안엣소리로,

"언니이!"

부르면서 눈에는 눈물이 뚜욱뚝 형의 얼굴을, 송희를, 트렁크를, ×××병을, 이렇게 휘익 둘러보다가 다시 형을 마주본다.

19. 서곡(序曲)

초봉이는 동생이 하도 황망히 달려들면서 겸하여 사뭇 자지러져 찾는 소리에 저 애가 일 저지른 걸 벌써 다 알고 이러지를 않나 싶어 깜짝 놀랐으나, 이어 곧 무슨 그럴 리가 있을까 보냐고, 미심은 미심대로 한옆에 젖혀 둔 채 얼굴을 천연스럽게 가지려고 했다.

그러나 마루로 뛰어올라 문턱을 디디고 서는 계봉이의 (긴장한 거동이 종시 예사롭질 않았지만 그것보다도) 가뜩 더 간절하게, 언니이! 부르는 소리가 어떻게도 정이

넘치는지, 그런데 또 눈에서는 눈물이 글썽글썽 솟아 흐르고…… 초봉이는 제법 침착하자고 마음 도사려먹었던 것은 그만 파그르르 스러지고, 마주 눈물이 방울방울 떨어져 내린다.

그것은 사람의 육친의 동기간 사이에서만 우러날 수 있는 극진한 애정에서 초봉이는 순간 아무것도 다 잊어버리고 아프리만큼 감격을 느꼈다. 그는 뒷일이야 어찌되든지 설사 계봉이가 말려서 시방 최후의 요긴한 한 가지 일인 자결을 뜻대로 이루질 못하게 될 값에 그렇더라도 이렇게 다시 한번 동생을 상면하는 것이 크고, 그러므로 기다리고 있었던 게 잘한 노릇이고 하다 싶어 더욱이 기뻐해 마지않는다.

계봉이는 형이 무사히 있음을 보고서 와락 반가움에 지쳐 눈물까지는 나왔어도, 그 다음 다른 것은 암만해야 머루 먹은 속같이 얼떨떨하니 가늠을 할 수가 없었다.

가만히 한 발걸음 방 안으로 계봉이는 형의 기색과 동정을 살피면서, 또 한 걸음 떼어 놓고는 둘레둘레하다가,

"언니이!"

조르듯 응석을 하듯 다뿍 성화가 난 소리다. 왜 그다지 성화에 겨웠느냐고 물으면 저도 섬뻑 대답은 못 할 테면

서, 그러나 단단히 걱정스럽기는 걱정스러웠다.

초봉이는 눈에 눈물을 담은 채 아낌없이 가만히 웃으면서,

"지끔 오니?"

하고 근경 있이 대답을 해준다.

경황중에도 계봉이는 참으로 아직껏 형의 웃는 입가는 이쁘다고 좋아했다.

잠깐 서로 말이 없이 보고만 섰다.

계봉이는 자꾸만 궁금해 못 견디겠는데, 그러면서도 어리뚜웅해서 무슨 소리를 무어라고 물어 보고 이야기하고 할지를 몰랐다. 하다가 언뜻 승재와 같이서 온 생각이 생각났다.

별반 이 장면의 이 공기에 긴급한 테마는 아니지만, 그렇다고 또 생각이 난 것을 말 않고 가만히 있을 것도 없는 것이라,

"남서방두 왔는데……."

"머어?"

초봉이가 호들갑스럽게 놀라는데 마침 뚜벅뚜벅 마당으로 승재가 들어서고 있다.

초봉이는 반사적으로 몸이 앞 미닫이께로 와락 쏠리다

가 마당 가운데 쭈쩍 멈춰 서는 승재와 얼굴이 마주치자 꺾이듯 고개가 깊이 떨어진다.

계봉이도 형의 어깨 너머로 내다보고, 그러나 불빛이 희미해서 피차에 얼굴의 변화는 세 사람이 다 같이 알아보지 못했다.

승재는 둘레둘레 망설이고 섰다가 그로서는 좀 대담하리만큼 대뜰로 해서 마루로 성큼 올라선다.

건넌방의 아우 형제는 시방 승재가 그리로 들어올 줄 기다리고 있는데, 승재는 마루에서 잠깐 머뭇거리더니 쿵쿵 발소리를 내면서 안방께로 가고 있다.

계봉이도 의아했지만, 초봉이는 숙였던 고개를 번쩍 소스라치게 놀라서,

"아이머니 저이가!"
하면서 기색할 듯 목소리를 짓누른다.

그러나, 승재는 벌써 미닫이를 뒤로 닫고 들어갔고, 계봉이는 비로소 번개같이 머리에 떠오르는 게 있어 눈이 휘둥그래지더니 형더러 무슨 말을 할 듯하다가 우루루 마루로 달려나간다.

초봉이는 일순간의 격동 끝에 어깨를 추욱 처트리고 넋없이 서서 있고, 계봉이는 한걸음에 마루를 지나 안방

미닫이를 와락 열어 젖힌다.

생각한 바와 같았는데 놀람은 놀람대로 커서,

"악!"

조심스러우나 무거운 부르짖음이 쏠려 오른다.

"문 닫구 절러루 가서 있어요!"

처네를 걷어 치우고 형보의 시신을 손목 짚어 맥을 보던 승재가 얼굴을 들지 않은 채 계봉이를 나무란다.

계봉이는 더 오래 정신없이 섰을 것을 승재의 주의에, 기계적으로 미닫이를 닫고, 역시 기계적으로 한 걸음 두 걸음 건넌방을 향해 걸어온다.

초봉이는 동생과 얼굴이 마주치자 힘없이 고개를 떨어트린다.

계봉이는 형의 앞에까지 와서 조용히 선다. 말은 없고 형의 숙인 이마를 보던 눈을 책상 위의 약병 ×××으로 돌렸다가 도로 형을 본다. 이때는 놀랐던 기색이 벌써 다 가시고 슬픔이 가득히 얼굴로 갈려들었다.

저 사약이 말을 하는 죽음이 아니면, 법이 주는 형벌, 일순간 후에는 반드시 오고야 말 형의 절박한 운명의 아픔을 시방 계봉이는 독립한 딴 개체의 것으로가 아니요, 바로 제 살[內體]속에서 감각하고 있는 것이다.

"언니!"

들이 몸부림이 치일 직전의 무의식한 호흡 같고, 부르는 소리도 목이 메어 목에서 걸린다.

초봉이는 순순히 고개를 들어 웃으려고 한다. 조용히 단념을 하는 미소, 하니 그것은 웃음이기보다 울음에 가깝겠지만, 그거나마 동생의 너무도 슬픈 얼굴 앞에서는 이내 스러져 버리고 만다. 하고서 방금 울음이 터져 오를 듯 입이 비죽비죽,

"계봉아!"

"언니!"

계봉이는 와락 쏠려들어 형의 아랫도리를 얼싸안고 접질리고, 초봉이는 그대로 주저앉으면서 동생의 어깨에다가 고개를 파묻는다.

두 울음 소리가 동생은 높게 형은 가늘게 서로 뒤섞여 호젓이 떨린다.

"죄꼼만 더 참던 않구! 죄꼼만……."

갑자기 계봉이가 얼굴을 쳐들면서 어깨를 쌀쌀, 안타까이 부르짖는다.

"……죄꼼만 참았으믄 남서방이 나서서 언닐 구해 내주구, 다아 그러기루 했는데!…… 죄꼼만 더 참지! 이

일을 어떻게 해애! 언니 언니!"

계봉이는 도로 형의 무릎에 가 엎드러진다. 폭폭하다 못해 하는 소리요, 말하는 그대로지, 말 이외에 다른 의미는 없던 것이다.

그러나 듣는 초봉이에게는 그렇게 단순하게만 들리진 않았다.

초봉이는 가슴속이 용솟음을 치는 채, 울던 것도 잊어버리고 벙벙하니 앉아 있다.

승재가 나서서 나를 구해 내 주고 그리고 다 그러기로 했다구?…… 옳아! 시방도 그러니까 나를 사랑하고, 그래서 다시 거둬 주려고…….

이렇게 생각할 때에 초봉이는 금시로 몸에 날개가 돋치는 것 같았다. 그러나 그 다음 순간,

'정말 그랬구나. 그래서 저렇게 찾아온 것이고…… 그런 것을 아뿔싸! 정말 죄꼼만 참았더라면, 한 시간만 참았어도…….'

생각이 이에 미치자 그만 상성이라도 할 듯 후울훌 뛰고 싶게 안타까웠다.

이 정당한 오해는 물론 계봉이의 고의도 아니요, 초봉이의 잘못도 아닌 것이다.

초봉이는 동생의 등 위에 또다시 엎드려 애가 끊이게 운다.

승재가 아직도 나를 사랑하고 있었구나 하면 이다지도 기쁜 노릇은 생후 처음이다. 그러나 시방은 일을 저지른 뒤다. 부질없이 큰 기쁨이 순간의 어긋남으로 해서 내 것이 아니고 말았으니 세상에도 이런 야속한 노릇이 있을 수가 없다.

그래도 승재가 이제껏 나를 사랑하는 것은 반갑지 않으냐?…… 그렇지만 반가우면 무얼 하나. 인제 죽고 말 테면서. 아니 그래도…… 글쎄…… 어떡허나! 어떻게…….

이렇게 되풀이를 하는 동안 초봉이는 일이 기쁜지 슬픈지 마침내 분간을 하지 못하고 울기만 한다.

이윽고 승재가 안방으로부터 건너와서 우두커니 문치에 가 선다.

승재가 건너온 기척을 알고 초봉이가 먼저 몸을 일으켜 도사리고 앉으면서 숙인 얼굴을 두 손으로 싼다. 뒤미처 계봉이도 얼굴을 들어 옆에 섰는 승재게로 토옹통 부은 눈을 돌린다. 승재는 그 뜻을 알아차리고 도리질을 한다. 형보는 아주 치명상으로 절명이 되었던 것이다.

승재가 몸 주체를 못 하고 섰는 것을 계봉이가 눈짓을

해서 그 자리에 편안찮이 앉고, 세 사람은 초봉이가 따암 땀 가늘게 느껴 울 뿐 다 같이 말이 없이 한동안 잠잠하다.

"언니이?"

침착을 회복하여 곰곰이 생각을 하고 있던 계봉이는 얼마 만에야 목소리를 가다듬어 형을 부르면서 바투 더 다가앉는다. 초봉이는 대답 대신 얼굴의 손만 떼었다가 도로 가린다.

"저어, 웅? 언니이……."

"……"

"저어, 웅?…… 저어, 경찰서루 가서 웅? 자현을 허우, 웅?…… 그걸 차마……."

말을 채 못 하고서 계봉이는 한숨을 내쉰다. 초봉이는 움칫 놀라 얼굴을 들고 동생을 바라다본다. 무어라고 할 수 없는 착잡한 표정이 퍼뜩퍼뜩 갈려든다.

동생의 말은 선뜻 반가운 소리였었다. 그러나 야속스런 훈수였었다.

"자현?…… 자현을 하다니!"

우두커니 동생의 얼굴을 건너다보고 앉았던 초봉이의 입에서, 그것은 누구더러 하는 말이라기보다도, 자탄에 겨운 넋두리가 흘러져 나온다.

"……자현을 하믄 징역을 살라구? 사형이라믄 차라리 좋지만, 징역을 살다니…… 인전 하다하다 못해서 징역까지 살아? 그 몹쓸 경난을 다아 겪구두 남은 고생이 있어서 징역까지 살아?…… 못 하겠다! 난 기왕 죽자구 하던 노릇이니 죽구 말겠다! 죽구 말지 징역이라니!…… 내가 무얼 잘못했길래? 응? 내가 무얼 잘못했어? 장형보 그까짓 파리 목숨 하나만두 못한 생명. 파리 목숨이라믄 남한테 해나 없지. 천하에 몹쓸 악당. 그놈을 죽였다구 그게, 그게 죄란 말이냐? 어쩌니 그게 죄냐? 미친개는 때려죽이면 잘했다구 추앙하지? 미친개보담두 더한 걸 죽였는데 어째서 죄란 말이냐?…… 난 억울해서 징역 못 살겠다!…… 왜, 왜 내가 징역을 사니? 인전 두 다리 쭈욱 뻗구서 편안히 죽을 것을, 왜 일부러 고생을 사서 하니? 응? 응?"

가슴을 쥐어뜯고 몸부림을 치게 애달픈 것을 못 하고서 다시 손으로 얼굴을 싸고 운다. 손가락 사이로 눈물이 줄줄이 흘러내린다.

승재가 눈에 눈물이 가득, 코를 벌심벌심, 황소같이 식식거리고 앉았다.

참혹한 살상에 대한 불쾌했던 인상이 스러지는 반면

그 살상을 저지른 초봉이의 정상에 오히려 동감이 되면서, 일변 '독초'와 독초 그것을 가꾸는 '육법전서'에의 울분이 치달아오르던 것이다. 그는 시방 가슴에 불이 치미는 깐으로는 단박 ×이라도 뽑아 들고 거리로 뛰쳐나갈 것 같은 것을, 그러고서는 막상 어디 가서 누구를 행실을 낼 바를 몰라 그것이 답답했다.

"어떻게 해요! 응?"

계봉이가 고개를 돌리고 조르듯 성화를 한다. 승재는 그 말은 대답을 못하고,

"빌어먹을 놈의……!"

볼먹은 소리로 두런두런, 주먹으로 눈물을 씻다가, 그 다음에는 이라도 갈 듯,

"……어디 보자!"

하면서 허공을 눈 부릅뜬다.

"뚱딴지네!"

계봉이는 승재한테 눈을 흘기면서 입안엣말로 종알거리다가 형을 부여잡는다.

"언니?"

"계봉아……!"

초봉이는 부지를 못해 동생의 어깨에 얼굴을 묻고 엎

드려서 울음 소리 섞어섞어 하소를 한다.

"……계봉아! 이 노릇을 어떡허니? 어떡허믄 졸 거나? 응? 죽자구 해두 죽을 수두 없구…… 살자구 해두 살 수두 없구…… 이 노릇을 어떡허믄 좋단 말이냐? 에구 계봉아!"

"언니? 언니! 헐 수 있수? 정상이 정상이구, 또 자술했으니깐 형벌이 그대지 중하던 않을 테지…… 다직 한 십 년, 아니 한 오륙 년밖엔 안 될지두 모르니, 그것만 치르구 나오믄 고만 아니우? 그 댐엔 다아 좋잖우? 송흰 그새 동안 아무 걱정 할라 말구…… 그저 몇 해 동안만…… 그렇지만, 그렇지만 언니가 그 짓을 어떻게! 징역살이를 어떻게 허우!…… 아이구 이 일을 어쩌애!"

달랜다는 것이 마지막 가서는 같이서 울고 만다.

막혔던 봇둑을 터뜨린 듯 형제가 도로 어우러져 울고 있고, 승재는 고개를 깊이 숙이고 앉았고 하기를 한 식경이나 지나간 뒤다.

초봉이는 불시로 눈물을 거두고 얼굴을 들어 승재게로 돌린다. 승재도 마침 울음 소리 끊긴 데 주의가 가서 고개를 들다가 초봉이와 눈이 마주친다.

초봉이는 무엇인지 간절함이 어리어 있는 눈동자로 무

엇인지를 승재의 얼굴에서 찾으려는 듯 한참이나 보고 있다가 이윽고 목멘 소리로,

"그렇게 하까요? 하라구 허시믄 하겠어요! 징역이라두 살구 오겠어요!"

하면서 조르듯 묻는다. 의외요, 그러나 침착한 태도였었다.

승재는 그렇듯 어떤 새로운 긴장을 띤 초봉이의 그 눈이 무엇을 말하며, 하는 그 말이 무엇을 의미하는 것인지를 잘 알 수가 있었다.

알고 나니 대답이 막히기는 했으나 그는 시방 이 자리에서 초봉이가 애원하는 그 '명일의 언약'을 거절하는 눈치를 보일 용기는 도저히 나질 못했다.

"뒷일은 아무것두 염려 마시구, 다녀오십시오!"

승재의 음성은 다정했다. 초봉이는 저도 모르게 한숨을, 안도의 산숨을 내쉬면서,

"네에."

고즈넉이 대답하고, 숙였던 얼굴을 한번 더 들어 승재를 본다. 그 얼굴이 지극히 슬프면서도 그러나 웃을 듯 빛남을 승재는 보지 않지 못했다.

채만식

(蔡萬植, 1902.06.17~1950)

소설가·극작가·친일반민족행위자.

호는 백릉(白菱), 채옹(采翁)이다.

1902년 6월 17일 전라북도 옥구군 임피면 읍내리에서 채규섭(蔡奎燮)의
　　　　　 5남으로 출생

1914년 임피보통학교 졸업(4년제)

1918년 중앙고등보통학교 입학

1920년 당시 20세의 규수 은선흥과 결혼

1922년 중앙고등보통학교 졸업(4년제)

1922년 일본 와세다대학 부속 제1와세다 고등학원 문과 입학

1923년 가세가 기울자 학업 중단

1923년 처녀작 「과도기」 탈고

1924년 강화 사립학교 교원으로 취직

1924년 단편소설 「세 길로」가 『조선문단』 3호에 추천됨

1925년 동아일보 정치부 기자로 입사

1925년 단편소설 「불효자식」(『조선문단』 2권 10호) 발표

1926년 동아일보 퇴사

1928년 「생명의 유희[유고]」

1930년 「낙일」(1930)

1931년 개벽사 입사

1931년 「사라지는 그림자」, 「화물 자동차」

1931년 평론가 함일돈과 동반자 작가논쟁을 벌임

1932년 「부촌」

1933년 장편소설 「인형의 집을 나와서」 조선일보에 연재

1934년 탐정소설 「염마」를 조선일보에 연재

1934년 「레디메이드 인생」(단편), 「인테리와 빈대떡」(희곡) 등 발표

1934년 카프 제2차 검거사건이 발생함으로써 약 2년간 문필활동을 중단

1936년 조선일보를 그만두고 개성으로 이사함

1936년 희곡 「심봉사」를 『문장』에 연재하려 하였으나 전문 삭제 당함.

1936년 「보리방아」(단편), 「제향날」(희곡) 등 발표

1938년 10월 12일부터 1938년 5월 17일 「탁류」를 조선일보에 연재
      (198회)

1937년 「祭饗날」(희곡) 발표

1938년 「이런 처지」, 「치숙」, 「소망」 등 발표

1938년 「천하태평춘」(후에 「태평천하」로 개제) 『조광』에 연재

1939년 「金의 情熱」을 『매일신보』에 연재

1939년 「흥보씨」, 「패배자의 무덤」, 「자작안내(自作案內)」(靑色紙 5호)
　　　　등 발표

1939년 『채만식단편집』(학예사) 출간

1940년 개성에서 안양으로 이주

1940년 「냉동어」, 「懷」, 「당랑의 전설」(희곡) 발표

1941년 시나리오 「무장삼동」 탈고

1942년 장편 「아름다운 새벽」을 『매일신보』에 연재

1942년 단편집 『집』 상재

1942년 안양에서 서울 광나루로 이주

1942년 조선문인협회가 주관한 순국영령방문행사 및 그 결과로 『춘추』
　　　　등에 발표한 산문과 1943~1944년에 『매일신보』 등에 발표한
　　　　산문과 소설을 통해 징병, 지원병을 선전, 선동했다.

1943년 「어머니」

1943~1944년 국민총력조선연맹이 주관하는 예술부문 관계자 연성회,
　　　　보도특별정신대, 생산지 증산 위문 파견 등 친일활동에 적극 참
　　　　여했다.

1944년 친일적 작품 「여인전기」를 『매일신보』에 연재

1945년 향리에 일시기거하다 해방 후 서울 충정로로 다시 이주

1946년 「허생전」, 「맹순사」, 「미스터 方」, 「논 이야기」 등 풍자적 소설 발표

1947년 익산시 고현동으로 이주

1947년 「심봉사」(희곡) 발표

1948년 장편소설 「옥랑사」 탈고

1948년 「낙조」, 「도야지」, 「민족의 죄인」 등 발표

1949년 「소년은 자란다」 탈고

1949년 「역사」 발표

1950년 익산시 마동에서 폐결핵으로 별세(임피면 계남리 선영에 안장됨)

1984년 월명공원에 백릉 채만식선생 문학비 건립

1996년 채만식소설비 건립

2001년 채만식문학관 개관

2002년 소설비 추가 건립

2002년 채만식문학상 제정

채만식은 1930년대와 1940년대에 걸쳐, 다시 말해 한국전쟁 직전에 타계하기까지 '작품으로 말하기'라는 작가 윤리를 자신의 생애 윤리로서 실천하였다. 채만식은 지식인의 자의식을 날카롭게 투시한다. 지식인 소설 유형으로 독자적인 면모를 획득했으며, 지식계급으로서의 자의식이 민중적 현실과 폭넓게 접촉하였을 때는 비극적 리얼리즘의 창작방법을, 그렇지 않고 대상에 대한 통렬한 풍자·희화화의 정신이 현실 가공의 미학적 정신을 철저하게 지배하게 되었을 때는 강렬한 풍자적 리얼리즘의 소설세계를 보여주었다.

계급적 관념의 현실 인식 감각과 전래의 구전문학 형식을 오늘에 되살리는 특유한 진술 형식 창조는 채만식의 소설을 특징짓는 또 다른 요소라고 할 수 있다. 소위 동반자 작가로서의 의식적 출발을 마련하였고, 이로부터 벗어나는 과정 역시 1930년대 지성사의 맥락에서 정신의 한 보편 굴절 양상을 살피게 하는 유력한 사례라고 할 수 있다.

현실의 동향에 민감했던 점은 채만식 문학의 특징 중 하나로 간주될 수 있는데, 소설을 통한 정치적 민감성이 일제 말과 해방공간 전 기간을 통해서 우리 소설사의 공백을 메워준 유력한 언술체 생산의 한 기저동력이었다고 말할 수 있다. 소설 양식뿐만 아니라, 희곡 양식 창작을 겸비하였다는 점에서 그는 예의 검토될 만한 작가이며, 무엇보다 광복의 현실로부터 분단, 그리고 전쟁으로 가는 1940년대 후반기 우리 역사의 굴절을 냉정한 묘사가의 시선으로 그려낸 여러 소설작품을 남기고 있다는 점만으로도 우리 소설사에 한 예외적인 자리를 차지하고 있다. 그런 측면에서 질과 양의 면에서 한국 근대소설을 대표하는 작가의 한 사람이라고 할 수 있다.

채만식의 작품 세계는 당시 현실 반영과 비판에 집중되었다. 식민지 상황 아래에서 농민의 궁핍, 지식인의 고뇌, 도시 하층민의 몰락, 광복 후의 혼란상 등을 실감나게 그리면서 그 근저에 놓여 있는 역사적·사회적 상황을 신랄하게 비판했다. 작품 기법에 있어 매우 다양한 시도를 했는데, 특히 풍자적 수법에서 큰 수확을 거두었다고 할 수 있다. '대화소설'이라는 형식은 채만식이 만들어낸 특이한 것이라 할 수 있다. 채만식이 택한 소재와 작중인물은 다양했지만, 일관된 관점은 그들이 시대와 어떠한 관련을 맺고 어떻게 변모하는가 하는 점, 그리고 시대의 정의가 무엇인가 하는 점이었다. 그런 점에서 그는 일제강점기의 작가 가운데 가장 투철한 사회의식을 가진 사실주의작가의 한 사람이었다고 평가받는다.

1930년대 시대상을 풍자와 냉소로 투영: 탁류

『탁류』는 1930년대의 사회상이 잘 반영된 장편소설로, 1937년 10월 12일부터 1938년 5월 17일까지 총 198회에 걸쳐 조선일보에 연재되었으며, 1939년 박문서관에서 단행본으로 초판 발행되었다. 1941년 박문서관에서 재판이 발행되었으며, 소설 제목이 표지 전체를 세로로 양분할 정도의 큰 활자로 인쇄되어 있다. 제목은 황색 글씨로 되어 있고, 주변을 푸른색이 감싸고 있는 형태를 지니고 있다.

총 19장으로 구성된 장편소설 『탁류』는 여주인공 정초봉의 비극적인 삶을 통해 당대 사회상을 그려내고 있다. 정초봉은 청순한 처녀였으나 장형보를 비롯한 주변 인물로 인하여 비극적인 삶을 살아가게 된다. 표면적으로는 여성 인물의 고난이 중심 서사로 나타난다. 하지만 작품의 이면에는 당대 식민지 현실과 풍속, 특히 1930년대 식민지 조선의 경제 구조와 하층민의 삶을 드러낸다. 군산 미두장을 소설의 주요 공간으로 설정하고 이에 대한 탁월한 묘사를 보여 준다. 소설의 결말은 비극적이지만, 온건한 사회주의자와 주체적인 성격을 갖고 있는 계봉을 통해 희망적인 전망을 보여 주고 있어 리얼리즘 소설로서의 가치도 높다는 평가를 받는다.

채만식 스스로가 『탁류』에 대해 당대 세태를 그린 소설이라고 밝힌 바와 같이, 『탁류』는 1930년대 시대상을 풍자와 냉소로 투영한 리얼리즘 소설로 평가받는다.

큰글한국문학선집 053-3: 채만식 장편소설

탁류

© 글로벌콘텐츠, 2018

1판 1쇄 인쇄__2018년 07월 20일
1판 1쇄 발행__2018년 07월 30일

지은이__채만식
엮은이__글로벌콘텐츠 편집부
펴낸이__홍정표

펴낸곳__글로벌콘텐츠
　　　등　록__제25100-2008-24호
　　　이메일__edit@gcbook.co.kr

공급처__(주)글로벌콘텐츠출판그룹
　　　이사_양정섭　기획·마케팅_노경민　편집디자인_김미미
　　　주소__서울특별시 강동구 풍성로 87-6(성내동) 글로벌콘텐츠
　　　전화__02-488-3280　팩스__02-488-3281
　　　홈페이지__www.gcbook.co.kr

값 20,000원

ISBN 979-11-5852-194-3 04810
ISBN 979-11-5852-191-2 04810(세트)